新・餓狼伝

巻ノ五 魔拳降臨編

夢枕獏

双葉文庫

新・餓狼伝 巻ノ五 魔拳降臨編

目次

新・餓狼伝

巻ノ五　魔拳降臨編

序章　カイザー武藤

1

バスケットボールは、中学一年で始めた。

入学した時に、先輩部員からスカウトされたのだ。

その時、すでに一九〇センチの身長があった。

「でかいなあ、本当に一年坊かよ」

その男は言った。

「本当です」

そう答えたら、

「決まったなあ」

その男――先輩は言った。

「何がですか」

武藤《むとう》は訊いた。

「バスケット部だよ。おまえ、今日からバスケットをやれ」

「やったことありません」

「誰でもみんな、始める時は初めてなんだよ」

その先輩に、部室まで連れてゆかれ、

「こいつ、今日からうちの部に入ることになった、えー……」

「武藤です」

そう返事をした。

その先輩に、まだ名前を伝えていなかったことを思い出したのだ。

その時、自分が名前を告げたことが、そのまま入部の意志表示をしたことになってしまった。

それでも、拒否することはできたのだが、しなかったのは、他人から何かに誘われるという経験がほとんどなかったからだ。

他に、やりたいことがあったわけでもなかった。

どうせ、何かの部には入らないといけない決まりがあったので、そのままバスケット部に入部してしまったのである。

そこで、初めてわかったのは、自分は、巨体のわりには運動神経がいいということであった。

ドリブルしながら、フットワークを活かして、ボールを取りに来る連中をかわすのが、

た。

　それに、武藤がボールを両手に持って、頭上にさしあげたら、誰もボールを奪えなかった。

　シュートも、フリースローも、うまかった。

　めったなことでははずさない。

　高校でもバスケット部に入り、卒業した後は、大学へは行かず、就職して、実業団でバスケットボールをやった。

　実業団では、七号のボールを使った。

　直径二十四センチ五ミリ。

　それを上から片手で摑み、持ちあげることができた。

　これが、後に、イーグルボンバーとなったのである。

　アメリカのプロチームから、スカウトもきた。

　十九歳のその時、身長は二メートル九センチ。

　体重は一一二キロあった。

　アメリカに行くことを決めて、その発表を三日後に控えた夜――

　風呂場で転んでしまったのだ。

転んで、ガラス戸に倒れ込んだ。

右手で、体重を支えようとした。

その手が最初にガラスを割り、頭と上半身が、遅れて続いた。

怪我をした。

特に、最初にガラスに突っ込んだ右手がひどかった。

肘に近い場所が、深く、大きく切れた。

風呂場が血の海になった。

怪我がなおった時、後遺症が残った。

ボールを、遠くまで投げることができなくなっていたのである。

結局、アメリカ行きは消えた。

それから、半年、燻《くすぶ》っていた。

どうしていいかわからない。

仕事もやめた。

バスケットボールができなくなって、通常の社員のように、サラリーマンとなったのだ。

しかし、まわされた営業の仕事が苦手だった。

向こうは武藤のことを知っている。

バスケットの選手であったことも、アメリカへ行ってプロになろうとしていたことも、怪我のため、それを断念しただけでなく、実業団でのバスケットもできなくなったことも。

ある者は、

「残念でしたね」

と言ってくる。

ある者は、

「気を落とさないで、がんばって下さい」

と言う。

ある者は、

「ファンでしたよ」

と、声をかけてくる。

また、ある者は、気をつかって、そういう話題に触れない。

そのどれもが、いやであった。

では、どうされるのがいいか、それもわからない。

自分のメンタルの問題とわかっていたが、そうとわかったからといって、気にならなくなるものでもない。

これが、並の身長ならば、世間に覚えられずにすんだのであるが、二メートル九センチという身長は、自分の記号のようなものだった。

自分の身長がうらめしかった。

結局、勤め先をやめた。

そうして、燻っている時に、あの漢《おとこ》が訪ねてきたのだ。

ある晩、住んでいたアパートの、インターフォンが鳴った。

ドアを開くと、そこに、知った顔が立っていた。

誰だって知っている顔だ。

日本人の半分以上が、その顔を知っている。

その顔の人物が誰であるか、名前を言うことができる。

そういう人物だ。

力王山《りきおうざん》——

プロレスラーだ。

独りだった。

「おれのことは、知ってるだろ」

力王山は、そう言った。

「もちろん、知ってます」

武藤は言った。

「あやしい者《もん》だよ」

そう言って、

「プロレスラーだからな」

笑った。

引き込まれるような、吸い込まれるような、笑顔だった。

惚れぼれするような笑みだ。

「入るよ」

岩のような肉の塊が、入ってきた。

武藤の巨体が、横へ押しのけられた。

身長は、自分の方がある。

体重は、同じくらいか。

その自分が、なすすべなく、横へ押しのけられた。

力の塊のような漢だった。

ドアは、開いたままだ。

「ち、ちょっと……」

その時には、もう、靴を脱いで、力王山はあがり込んでいる。

キッチンを抜けて、奥の八畳ひと間の部屋にあがり込んでいる。

そこに、クイーンサイズのベッドがひとつ。

「狭いな……」

力王山が、笑いながら、こっちを見ている。

「この部屋はいかん。いいかい。狭い水槽で飼ってる魚は、でかくならないのさ」

力王山が、玄関の方にもどってきた。

「ここは、明日にでも引っ越しだな」

右手の甲で、武藤の胸を、ぽん、と叩いて靴を履いた。

「いくぞ」

そう言った。

「どこへですか」

「ついてくりゃあ、わかるさ」

力王山が、笑った。

その笑みに、引き込まれた。

靴を履いた。

Tシャツに、半ズボン。

それに、特大のスニーカー。

そのまま、力王山と一緒に、ドアの外へ出た。

そこは、二階だ。

下を見ると、黒塗りのキャデラックが停《と》まっていた。

白い手袋をした、運転手らしき男がその横に立っていて、力王山に向かって、小さく頭を下げた。

車に乗せられた。

後部座席に、自分と力王山が座った。

車が発進した。

武藤は、こうして、力王山に拉致されたのである。

2

連れて行かれたのは、赤坂にある、ビルであった。

上の階のワンフロアが事務所になっていて、あとは、他に貸しているフロアが七つ。

一階が、道場だった。

中に入った。

東側の壁に寄せて、リングが組んであり、他の床半分にはマットが敷かれていて、残りには、様様なトレーニング機器が置いてあった。

リング下には、何に使うのか、野球のバットが転がっている。

人は、ただひとり。

リングの上に、身体《からだ》の大きな男がいて、黙々とスクワットと呼ばれる運動をしていた。

武藤も、それが誰だかわかっていた。

マンモス平田《ひらた》という、レスラーだった。

平田は、入ってきた力王山を見て、スクワットをやめ、

「おかえりなさい」

力王山に向かって頭を下げた。

「馬鹿やろう！」

いきなり、凄い剣幕で、力王山が声をあげた。

リング下のバットを摑み、リングにあがった。

「休むんじゃない」

おもいきりバットを振った。

びゅっ、
という音が聴こえた。

バットが、平田の腹にめり込んだ。

常人なら、内臓が破裂して、そのまま病院行きになるか、死んでしまうような、一発であった。

死ぬ⁉

そう思って、武藤は、どきりとした。

子供の頃の思い出が、頭に甦った。

マンモス平田は、

「おふっ」

と、声をあげて、顔をしかめた。

しかし、よろめきもしなければ、倒れもしなかった。

「あと何回だった?」

力王山が訊く。

「一三二回です」

「続けろ」

力王山の言葉に、また平田は、黙々とスクワットを始めた。

「あがってこい」

力王山が、上から武藤を呼んだ。

「はい」

武藤は、素足でリングにあがった。

そして、初めて気がついた。

リングの、青いキャンバスの半分以上、八割近い部分が、赤黒い染みで、占められていたのである。

血であった。

垂れ、滴り、周囲にはねが飛んだ跡のある染み。

不気味な広がりの染みは、倒れた後、額か、他のどこかから流れ出した血の跡であろうか。

「おい、脱いでみろ」

力王山が言った。

「脱ぐ?」

「着ているものをだ」

Tシャツを脱ぎ、それを、マットの上に置いたものか、リング下に放ったものか迷っていると、

「ロープに引っかけとけ――」

力王山が言う。

手にしたTシャツを、言われた通り、一番上のロープに引っかけた。

「下もだ」

言われて、武藤は半ズボンを脱ぎ、それをTシャツの横にかけた。

続いて、パンツを脱ごうとすると、

「それはいい」

力王山が、手を振って止めた。

脱いだ武藤の周囲を、力王山が左手にバットを持って、ぐるぐると回る。

回りながら、右手の甲で、武藤の背を点検するように叩き、前に回って大胸筋をノックする。

左右の上腕を指で押し、

「いい筋肉だなァ、おい」

いきなり、腹に右拳を打ち込んできた。

「あふっ」

大きな身体を〝く〟の字に折って、両手で腹を押さえた。

いくらも力を込めたとは思えないのに、内臓を直撃された。手首まで、拳が腹にめり込んだのではないか。

「おぶっ」

「げぶっ」

膝を落としそうになったが、それに耐えた。

「おう、たいしたもんだ。ただの素人だったら、のたうちまわってゲロ吐いてるとこだ」

力王山がそう言っている向こうで、マンモス平田が、

「ふん」

「ふん」

黙々とスクワットをやっている。

「いい身体だなあ、おい。これは銭が稼げる身体だ。よかったなあ、怪我をして。バスケットをやるより、十倍、百倍稼げるぜ」

ぱん、ぱん、と、力王山が武藤の背を叩く。

「わかってるさ。いじめられたんだろう?」

ぱあん、
と、頬を叩かれた。

「ばけものだの、きみがわるいだの、さんざ言われてきたんだろう」

力王山の右手が動く。

ぱあん、
また叩かれた。

「犬の糞《くそ》でも食わされたか。好きな女の前でばかにされたか。ちんこまででかいと、裸で歩かされたか——」

ぱあん、
ぱあん、
叩かれている。

「くやしかったろう。哀しかったろう」

そうだ。

その通りだ。

ふいに、涙があふれた。

何故だかわからない。

忘れたとは言わない。

思い出すことはあった。

しかし、思い出しても、もう泣くようなことはなかった。

なのに、どうして。

涙が止まらない。

「よかったなァ、おい。それはな、みんなてめえのこやしだよ。それが、てめえをもっとでっかくする。忘れるなよ。一生忘れなくていいんだ。忘れそうになったら、出刃包丁持ってきて、その傷をえぐるんだ。その痛みでそれを思い出せ。それが、銭になる」

うん。

泣きながら、武藤はうなずいていた。

うん、

うん。

「おれたちはな、ばけもんでいいんだ。どうだ、いじめられてあばれたか。あばれて、いじめた奴らを壊したか。親が怒ってのりこんできたか――」

そうだ。

「そうです」

武藤は泣きながら言った。

あれから、怒るのが怖くなった。

「それから、怒るのが怖くなったんだろう。怒ると、相手が壊れるから——」

うん、

うん。

「壊しちまえ！」

力王山は言った。

「こんな世の中、ぶっこわしちまえ。壊すのはばけもんの権利だ。みんなぶっこわしちまえ。安心しろ、おれたちは、壊れねえ」

力王山は、スクワットをやっているマンモス平田の前へ行って、左手に持っていたバットに右手をそえて、大上段に構えた。

それを、真上から打ち下ろした。

ごちっ！

バットが、マンモス平田の額を直撃した。

凄い音だった。
そして、もう一度。
ごちっ‼
さらにもう一度。
ごちゃ‼‼
それでも、マンモス平田は、スクワットをやめなかった。
黙々と、前方を睨みながら、スクワットを続けている。
声もあげない。
「安心しろ、おれたちは壊れねえ！」
ごちぃん‼‼
平田の、短い髪の中から、とろりと額に這い出てくるものがあった。
血であった。
凄い量だ。
平田の顔面が、血まみれになる。
その血の中で、平田の両眼がぎらぎらと光っている。
凄まじい光景であった。

「血が出ただけだ。壊れたんじゃねえ」

力王山が言う。

それがわかる。

平田の全身から、これまで以上に、むんむんと、立ちあがってくるものがあった。

肉が発熱している。

おそろしい熱量のものが、叩かれれば叩かれるほど、その肉の中からこみあげ、あふれ出てくるのである。

そうか。

壊れないのか。

この人たちは、壊れないんだ。

武藤の前に、ぬうっと、バットが差し出されてきた。

バットの、一番太い部分に、血がついている。

「やってみろ」

力王山が言った。

「こいつの顔を、このバットで、おもいきりぶん殴ってみろ」

武藤は、とまどった。

いいのか。

本当に、いいのか。

「やれ」

思わず、そのバットを握った。

重い。

本物のバットだ。

こんなもので、人の頭をおもいきり叩いたら——

死ぬ。

それは間違いない。

そんなこと、やっていいわけはない。

試されているのだと思った。

そこまでは、人間はやってはいけない。

恨みもなんにもない人間の頭部を、フルスイングしたバットでおもいきり殴る——そんなことやっていいわけはない。

「やれ」

力王山が言った。

「いいか、平田、よけるなよ。よけたら殺すぞ。こいつに、おまえの凄さを見せてやれ。負けるんじゃねえぞ」

「押忍《おす》」

平田は、黙々とスクワットを続けながら、低い声でそう言った。

「いいか、平田の頭が、持ちあがってくる。それで、一番上にきた時に、横からフルスイングして、首をすっとばしてやるんだ——」

武藤は、平田の前に立った。

これも、プロレスなのか。

これを、どういうアドリブで、やってみせるのか、そのセンスを試されているのか。

平田が、凄い眼で武藤を睨んでいた。

その眼を見た途端、武藤の中で、ふいに何かが入れかわった。

平田に、挑まれたような気がしたからだ。

やってみろ——

平田が、そう言っている。

できるもんならやってみろ。

これは、勝負なんだ。

そう思った。

何かの勝負を、自分は、この平田から挑まれている。

そう思った瞬間、裂けたような気がした。

肉が。

背中のどこかの肉が、ばつんと裂けて、そこから、くるりと自分が裏返ったような気がした。

やってやる。

負けてたまるか。

バットを持つ。

野球選手のように、構える。

呼吸をはかる。

平田の顔が沈んで、持ちあがってくる。

血まみれの顔だ。

下がる時も、持ちあがってくる時も、その顔の血溜りの中から、平田の眼が武藤を睨んでくる。

いち、

に、
いち、
に、
平田のリズムに、呼吸を合わせる。
タイミングをはかる。
自分の呼吸が荒いのがわかる。
狂え。
狂わなければできない。
ぶつん、
肉の中で、何かがちぎれた。
「ほきゃあああっ！」
バットを振った。
フルスイングだ。
ばきゃっ！
とも、
ばちゃん！

とも聴こえた。
平田の側頭部を、バットが直撃した時の音だ。
潰れた。
そう思った。
平田の頭部が、である。
気がつくと、平田が、マットの向こうに倒れていた。
頭は、まだくっついている。
死んだ。
武藤はそう思った。
しかし、平田は死んでいなかった。
むくり、むくりとその身体が動いて、平田は起きあがってきた。
そして、そこに立ち、
「いち」
「にい」
スクワットを、二回やって、
「押忍、一万回、終りました」

そう言ったのである。

平田は、血溜りとなった眼窩《がんか》の奥から、凄い眼で武藤を睨んでいた。

敵意のこもった眼であった。

どうして、そんな眼でおれを睨むのか。

今、バットでぶん殴ったのは、力王山にやれと言われたからだ。

おれを、そんな眼で睨むんじゃない。

その時は、そう思っていた。

それにしたって、もう少し手を抜いてバットを振ればいいだろう——このバカヤロウが。

はじめは、平田がそう考えて、おれを睨んでいるのだと思った。

そうではなかった。

その後しばらくして、わかった。

平田は、おれが、バットで殴ったから、あんな眼で睨んでいたのではない。おれの身長に対して、あんな眼をむけたのだ。

平田は、前座レスラーだった。

それで、身長が一九八センチあった。

並の外人よりもずっとでかい。

それで、十七歳でデビューしたのだ。

一カ月ほど前だ。

日本人レスラーの中で、一番若く、でかい。

当時で、体重は一四〇キロあった。

それで、武藤も、平田のことを知ったのだ。

バスケットボールをやってる選手の中で、自分が一番でかかった。それで、プロレスラーの中で一番でかい平田のことが気になったのだ。

それが、ニュースになり、試合をテレビ観戦した。

試合は、平田が勝った。

しかし、素人の自分が見ても、おかしな試合だった。

相手選手の川辺《かわべ》という先輩レスラーが、平田の周囲を勝手に動きまわり、平田につっかかってゆく。

しかし、平田はびくともしない。

タックルされても、平田が身体をひと揺すりすれば、川辺がロープまでふっとんでゆく。

飛び込んでくる川辺を、平田が大きな手ではたくと、川辺が飛ばされて、ぶっ倒れる。

凄い——そう思って見ていたのだが、やがて、気がついた。

この平田、ただ、身体がでかいだけじゃないか。

ほとんど、レスラーとしての動きができてないのではないか。

子供の頃から、たまに、テレビでプロレスを見ることはあった。

真剣勝負であると思って見たのは中学生の頃までだ。

さすがに、高校生くらいからは、何かの約束ごとで、この世界ができあがっているのであろうとは思うようになった。それでも、驚嘆するようなレスラーは、何人かいた。身体能力が高く、本気度も高い。

すでに、バスケットボールをやっていた武藤には、アスリートの身体能力と本気度については、理屈ぬきにわかる。どんな世界でも、どんな業界でも、それが芸能であれ、歌であれ、人前で何かのパフォーマンスをする人間について、その道の素人であってもその凄さは理解できる。そういう意味で、これは凄いと思える人間は、どういうジャンルにもいるのである。

しかし——

新人、ということを考えに入れても、平田は、どこがどう凄いのかが見えてこなかった。

いや、凄いという点は、ただひとつ、あった。

それは、平田のその肉体の巨大さ、存在感であった。

だが、プロレスラーとしてのセンスはない——そう見えた。

凄いのは、むしろ、平田の相手をしていた川辺という選手の方なのではないか。

不器用な平田を相手に、なんとか試合を成立させてしまう、川辺というレスラーの方が、よほど職人的なうまさがあるのではないかと武藤は思ったのである。

平田は、中学を卒業して、十五歳でそのままプロレス入りをした。

その時、すでに、身長が一九一センチあった。

それからわずか二年で身長が一九八センチとなり、デビューしたことになる。

その、おっさん顔をした十七歳の平田が、武藤を睨んでいる。

結局、あいつがおれのことを睨んでいたのは、バットのことが原因ではなく、嫉妬と不安からだったのだと、後でわかった。

自分より、でかいやつが現われた。

自分の、今の居場所を、このあたらしく入門してきた男にぶんどられてしまうのではないか。

こんなやつに負けてたまるか——

そういう眼であったのである。

平田が、自分のライバルになるのか。

そんなことを考えたこともあったが、結局、平田は、プロレスラーをやめた。

おれのすぐ後から入門してきた、巽真《たつみまこと》に潰されたのだ。

それは、いい。

今考えていたのは、おれが入門した時のことだったはずだ。

考えが、うまく、まとまらない。

話が飛んだり、途切れたりする。

どうして、巽真のことなんか、思い出したのか。

おれが、入門することになった時、何かあったはずだ。

力王山が——

ああ、そうだ。

力王山が、平田をぶん殴ったのだ。

「馬鹿野郎！」

拳で、おもいきり、平田の頬をぶん殴り、

「素人にバットではりたおされたくらいで、ぶっ飛びやがって——」

驚いたことに、平田は、自分がバットでおもいきりぶん殴った時よりも激しくふっ飛んで、マットの上に転がった。

完全に気絶しているように見えた。

びっくりしたのは、仰向けになった平田を、力王山が、右足に、たっぷり体重を乗せて踏みつけたことだ。

それで、平田は起きあがってきた。

踏みつけられて、息をふきかえしたのだ。

「押忍、すみません」

立ちあがった平田はそう言った。

その眼は、まだ、自分を睨んでいた。

凄まじい眼だった。

その時、おれはどうだったか。

覚えている。

おれは、嬉しかったのだ。

たぶん、笑っていたはずだ。

きっとそうだ。

「なんだ、おまえ、悦《よろこ》んでるのか」

力王山がそう言ったからだ。

その通りだ。
おれは、悦んでいた。
壊れない。
こいつらは、壊れない。
何をしたっていいんだ。
こいつらには。
それが、嬉しくて、嬉しくて、おれはぞくぞくしていたのだ。
だから、
「おれ、入門、させてください」
そう言った声が、少し震えてしまったんだと思う。
それから、どうしたんだっけ。
稽古が、辛かったんだっけ。
それとも、嬉しかったんだっけ。
どっちだったかな。
暑かったことは、覚えてるな。
夏だって、冷房を入れなかったんだ。

おまけに窓まで閉めきって、ヒンズースクワットばかりやらされて。
バットで、身体中ぶん殴られて。
それで、巽が……
熱かったな——
身体中が熱かった。
どうして、こんなに熱いのか。
それは……
そ……
……

一章　拳獣合戦

1

殴られていた。

全身を。

顔だけじゃない。

胸も。

腹も。

腕も。

熱かった。

脇腹は、まっ赤な炭を肉の中に入れられたようになっている。

胸は、溶けた鉄をぶっかけられたような感じだ。

腕は、沸騰する熱湯の中に突っ込んだようになっている。

頬は、溶鉱炉の中に顔を突っ込んだみたいになっている。

パンチが、次々に当ってくるのだ。

それが、疾《はや》い。

ひとつを叩き落としても、すぐに次のが別の角度から打ち込まれてくる。

当たったって、それが一発ずつなら、衝撃を何割か減らしてやるテクニックはあるのだが、あんまり次々にやってくるので、せいぜいそれでかわせるのは、十発のうち、二発くらいだ。

手と腕でガードして、顔に飛んでくるパンチをかわしても、顔のかわりに手が腫れあがってくるのだ。

猿神跳魚《さるがみとびお》——サルトビである。

それにしても、よく動く。

こっちの身体の動きが追いつかないくらいだ。

顔と上半身に気持ちがゆくと、絶妙のタイミングで、ローキックが当てられてくる。

ずいぶんみっともない格好で、よろよろしているに違いない。

「どうした、武藤！」

セコンドの伊達潮男《だてうしお》が、声をかけてくる。

その声が耳に響くたびに、ふっ、と心が現実にもどされる。

現実にもどれば、身体は疲労困憊。

よたよたのよろよろだ。

しかし、おれだって、ただ打たれてるだけじゃない。

打たれたのは、わけがあってのことだ。

そのために打たれ、そのかわりに、何かやってやるつもりだったのだ。

何をやろうとしてたんだっけ。

「武藤、このままじゃ、勝てねえぞ」

リングサイドにいる川辺の声も聴こえる。

デビュー戦の平田相手に、茶番をやったやつだ。

その川辺が、今、おれの茶番につきあってくれているのである。

いや、茶番じゃないぞ。

これは、真剣だ。

思い出せ。

ちょっとばかり、脳を揺さぶられたからって、自分がやろうとしていることまで忘れたらだめじゃないか。

あ――

また、いいのを頰に入れられた。

膝が、がくんと落ちる。

しかし、倒れない。

けっこうな歳になっちまったが、まだ、これくらいでぶっ倒れるわけにはいかない。

いいか。

思い出せ。

おれよ。

おれの敵は、こういうやつだったはずだ。ちゃらちゃらしていて、カッコよくて、女に騒がれるやつ。

おれが殴られるたびに、会場から女の声が湧きあがる。

調子にのるんじゃないぞ。

おれが、何をやろうとしていたかを思い出したら、おまえなん……

あ。

おれは、自分が何をしようとしていたか、ようやく思い出していた。

今、何ラウンド目だったっけ。

ああ、そうだ、二ラウンド目だ。

残り時間は？

三分はないな。

しかし、二分はあるか。
一分三〇秒は間違いなくあるはずだ。
それなら、充分だ。
ここで、考えてきたあれをかます。
丹波《たんば》の奴にやられてから、ずっと考えていたことだ。
考えていただけじゃないぞ。
稽古をしてきたんだ。
ほとんど毎日だ。
誰にもわからないように、ずっと特訓してきたやつだ。
今日、初めて、人前で披露する。
この齢《とし》になって、新しい技を覚えたんだ。
丹波には感謝しておかないとな。
あいつのおかげで、決心がついたんだ。
考えてみれば、おれが甘かった。
これまで、身につけたものだけで勝つつもりだったんだからな。
それで、勝てると思ってた。

本気になるだけで、本当に力を込めたり、本気でぶっ壊すつもりでやればいいだけのことだろうって。

そうじゃなかった。

それを教えてくれたのは、丹波だ。

おれだから、できることだ。

他の者にはできない技だ。

それを、このちゃらちゃらしたやつに、ぶち込んでやる。

そうだ、今が二ラウンドの後半なら、予定通りってことじゃないか。

一ラウンド目は、体力を温存して、相手の動きを見極めて、タイミングを計る。二ラウンド目の後半にこれを仕掛けて、次の三ラウンド目で、潰す。

さあ、やれ。

ただし、バレないようにだ。

タイミングは、もうわかっている。

いいや、よく考えたら、タイミングも何もないよな。

必ず当たるからだ。

ポイントは、おもいきりやることだ。これまでやったことがないくらいおもいきり。放った瞬間に、魂が飛んで、自分がどこにいるのかわからなくなってしまうくらいおもいきり——全力で。

「おぷう」

顔をあげる。

両手を持ちあげて、嘆きのポーズだ。

困った困ったと、両手両腕で頭を抱え込む。

腰を折る。

素人が、パンチをガードするやり方だ。

プロレスラーが、打撃をガードするために、一生懸命勉強して、結局これに落ちつきましたというかたちだ。

これが、嘆いているように見える。

腕の隙き間から、サルトビを見る。

「ホ」

「ホ」

「ホ」

ボディを打ってくる。

そりゃあ当るだろう。
当てさせてやってるんだからな。
しかし、ダメージは当てた数ほどじゃない。
おれは、懐が深いからな。
浅く打ってるだけだ。
見映えはよくないけどな。
プロレスラーとしたら、ちょいとみっともない姿だが、これでいい。
「おぷっ」
「おぷっ」
息をする。
呼吸しながら、サルトビを睨んでやる。
さあ、ちょっと離れたな。
呼吸を計っているのがわかるぜ。
さあ、この次だ。
来いよ。
来い。

すっ、
と息を吸って、ステップして——
来た。
蜘蛛の巣に、ひらひら舞うやつが、飛び込んできた。
おれは、やつの動きに合わせて、背筋を伸ばす。
左足を前に出して、爪先を外側に。
これまで、何度も何度も反復練習をしてきた動きだ。
他のことはやらなかった。
これだけだ。
これだけを、何万回やったか。
頭を押さえていた右手を離し、右腕を大きく下に振る。
後ろに振る。
同時に、右足を跳ねあげる。
おもいきり——
やることはそれだけだ。
ぶうん、

という音がした。

おれの右足が立てた音だ。

ミドルキック。

地味だが、絶対にはずれない技だ。

頭をねらったんなら、かわされる。

ハイキックだったら、よけられてしまう。

しかし、ミドルキックは、必ず当る。

ガードはされるかもしれない。

しかし、そのガードの上を叩くことができる。

タイミングをずらされて、当りが浅くなったり、逆に深くなったりする。

威力が半減させられてしまう。

しかし、当るか当らないかで言えば、当るのだ。

ガードの上からでいい。

おもいきり当てる。

おれの手足は長いからな。

おれの体重は、重いからな。

遠心力もハンパじゃないからな。

身長、二メートル九センチ。

体重、一三五キロ。

やつは、身長一八三センチ。

体重が、一〇三キロ。

おれの方が、二十六センチ高い。

おれの方が、三十二キロ重い。

その体重を、全部のっけて、蹴ってやった。

キックの蹴りじゃない。

空手の蹴りだ。

右のガードも、おもいきり下げている。

はじめから、何がくるかわかっていたら、がら空きの右の頬に、いいパンチを当てられていたところだ。

しかし、この技は、今、初めて披露する技だ。

ひと昔前のかたちだけどな。

この方が、力が入るからだ。

おれが、プロレスラーだから、できたのだ。

おれが、打撃の素人だから、この技を当てることができたのだ。

もしも、これを丹波文七《ぶんしち》がやっていたら、間違いなくかわされていたろう。

丹波文七は、打撃のエキスパートだからだ。

当然、相手に警戒されて、よけられるか、がら空きの右頬に、跳び込まれてパンチを当てられるかだ。

しかし、おれはプロレスラーで、打撃の専門家ではない。

だから、当てることができたのだ。

まさか、おれが、こんなことをやるとは思っていなかったろうからな。

いい手応えだった。

いや、足応えか。

体重が、まるまる乗っかった。

さすがに、やつは、左肘でガードはしたけどな。

そのガードの上から、蹴ってやったのだ。

サルトビのやつ、身体を〝く〟の字に折って、ロープまでふっ飛んでいった。

ここだ。

やつが、ロープにぶつかった時には、もう、おれは動いていた。
前蹴りだ。
ただし、ねらったのは顔面だ。
十六文の靴底で、やつの顔面を蹴る。
もちろん、ガードされたけどな。
でも、いい。
こっからは、プロレスでいい。
イーグルボンバーだ。
やつの脳天を、真上から掌底で叩く。
これも手でガードされた。
それでいい。
ガードの上からだって、効くからだ。
ガードした、やつの左手を、イーグルボンバーにいった右掌で掴む。
鷲《わし》が、空中から、強靭な足と爪で獲物を掴むかたちだ。
頭から、やつの左手を引きはがす。
左肘を、ぶち込む。

顔面へ。

これもガードされた。

かまうものか。

効いているのはわかっている。

やつを、抱きしめてやる。

ここから、寝技だ。

そう思った時──

二ラウンド終了のゴングが鳴った。

2

コーナーにもどって、リングに飛び込んできた伊達のやつに、頬を叩かれた。

「ちくしょう、受けてるぜ‼」

伊達が、嬉々とした顔で言った。

そこで、初めて、おれは場内に満ちている歓声に気がついた。

凄まじい騒ぎになっていた。

「あんたの分だ！　あんたがもぎとった騒ぎだぜ、こいつは‼」

「気持ちいいな」

そのシャワーを浴びながら、おれは言った。

「プロレスラーで、よかったぜ」

「何がよかったんだ、武藤⁉」

「あんな、ど素人みたいな蹴りでも、たった一発で、場が沸く」

「そうだ、たった一発で、あんたが、会場をひっくり返しちまったんだ」

伊達が傾けたペットボトルから、水が口の中に入ってくる。

半分飲んで、半分は、吐き出した。

伊達が、おれの頬を叩く。

「ちくしょう‼」

「ちくしょう‼」

言いながら叩く。

叩くたびに、会場が爆発する。

〝ちくしょう〟

〝ちくしょう〟

と、伊達の平手に合わせて、会場から声があがる。

伊達のやつが、さらに会場をもり立てる。

いいレスラーだ。

途中から団体が分かれてしまったが、おまえとタッグを組んでみたかったぜ。

「なあ、伊達よう」

おれは言った。

「何だ、武藤?」

「プロレスをやろう」

「ああ、やろう」

「真剣勝負もおもしろいが、どっちが好きかっていうんなら、おれは、だんぜんプロレスが好きなんだ」

「おれもだ!」

「今わかった」

ここで、ブザーが鳴った。

セコンドアウトだ。

「行ってこい、武藤!」

おもいきり、頬をはたかれた。
はたかれすぎた。
おれは、血の混じったつばを吐き捨て、
「あいつを壊してくる」
そう言った。
伊達が、リングの外に出てゆく。
おれは、サルトビの方に向きなおった。
サルトビに笑いかけながら、おれはリングの中央まで出ていった。
サルトビも、出てくる。
鼻から、血の出た跡がある。
どうだ、血は止まったか。
おれの十六文で、鼻血を出したんだろう。
ガードしたって、おれの体重は、きっちりおまえに届く。
おれは、おまえのグローブを蹴っただけだ。
おまえの鼻にぶつかったのは、おまえの手、おまえのグローブだ。
おれは、やつに向かって、嗤《わら》いかける。

三ラウンド開始のゴングが鳴った。

「ショータイム!」

3

観客の声は、熱湯のシャワーだ。
気持ちがいい。
熱すぎるくらいでちょうどいい。
おれは、これが好きだった。
これだ。
これでいい。
リアルファイトも悪くはないが、プロレスでいい。
リアルファイトは、これで最後だ。
記念に、こいつを叩き潰す。
このちゃらちゃらしたやつを、壊しておく。
後は、関根音《せきねおん》のやつにまかせればいい。

あいつは、アマレス出身だから、それでちょうどいいじゃないか。
いいぜ、サルトビ。
ぴょんぴょん跳ねればいい。
どれだけ跳ねたって、結局は、どこかでおれに接触してくるんだろう?
そうしなければ、おれに、勝てないからな。
おれは、こうして、おまえを悠々と見つめているだけだ。
わざわざ追ったりはしない。
おまえが、おれを攻撃してくるのを待つ。
おれの身体は頑丈だからな。
おれの身体は、隅から隅までプロレスでできている。
骨の髄にまで、肉の細胞のひとつずつにまで、ぎっしりプロレスが詰まっている。
それは、どういうことか。
おれがどうやったって、何をしたって、それがプロレスになるってことだ。
これで、おさらばして、川辺よ、プロレスだ。
巽のとこなんて、やめちまえ。
もう一回やろう、プロレス——楽しいぞ。

伊達のやつにも声をかけてやろう。

松尾《まつお》象山《しょうざん》のところにいたいんなら、それでいいじゃないか。

松尾さんのところから、プロレスラーとして、くればいい。

川辺もだ。

このサルトビを潰す。

そうすれば、大騒ぎになるぜ。

金を出そうってやつも現われるだろう。

その金で、リングを買おう。

新しいやつを。

コインを落とせば、同じ高さにまではずんでくるような、でかい派手な音をたてるぴかぴかのマットだ。

このサルトビは、ゴングまでこのままってわけにゃいかない。

おれに、勝たなきゃいけない。

新人だからな。

おれに勝って、派手に勝ち名のりを受けて、名前をあげなきゃあいけない。

ここで、うっかり逃げたり、ぬるいことをやっちまったら、もう、次の仕事は来ないぜ。

新人はつらいんだ。

だから、おまえは、おれに近づいてくる。

どんなにぴょんぴょんしていたって、おれにコンタクトしてくる。

だから、おれは、こうしてリングに立って、おまえが接触してくるのを待っているんだ。

接触してきたら、ハエのように叩き落とす。

叩き落としてから、顔を踏んづける。

いや、顔じゃなく、腹だっていいさ。

それでも、効く。

おれの体重はハンパないからな。

ほら来た。

跳んで、おれの胸へ、正真正銘のプロレス流ドロップキックじゃないか。

両手で、はらい落とす。

どすんと、マットを大きく揺らして、サルトビの奴が、落ちる。

会場は、沸いた。

おいおい、まさか、おまえ、おれに本当にプロレスをさせようっていうんじゃないだろうな。

いくらなんだって、それは派手すぎるだろう。

おれは、つきあわないよ。

遠慮なく、踏みつけてやる。

腹を。

身体を回して逃げようとするその腹へ。

こら。

なんだ、その大げさな痛がりようは。

プロレスにしたいのか。

どういう戦略かはわからないが、それはおれには効かないぜ。

おれは、サルトビの上に被さってゆく。

さっき、やりそこなった、寝技だ。

もちろん、寝技はできる。

あたりまえじゃないか。

ランカシャー・スタイルの寝技だけどな。

きっちり、そのあたりは、力王山の親父に仕込んでもらっているんだ。

今流行《はや》りのブラジリアン柔術のスタイルじゃあないがな、逆に、世間が知らない技があるんだ。

ほら、両膝で頭を引っかけて、こうやって、肩の関節を――

逃げるなよ、おい。

そう逃げるんなら、こうやって足で留めて、腕を――その先へ逃げるんなら、頸《くび》へ手を回して――

なかなかのもんだろう。

おれの脚は長いからな。

だから、こんなことができるんだ。

「うまいじゃん、武藤さん――」

おれの身体の下から、サルトビが声をかけてきた。

「スネークピットじゃ、何日こんなことやってたんだろうな」

サルトビの眼が、嬉しそうに笑っている。

「知ってるのかい」

「多少はね」

「なら、こんなのはどうだい」

上から、いきなり、サルトビの顔に肘を落としてやる。

上体をよじって、サルトビがそれをかわす。

おれは、そのまま、サルトビの左の頬骨のちょっと下のところへ肘をあてて、こじってやる。

痛いはずだ。

とびっきりね。

極《き》める技じゃない。

嫌がらせの技だ。

それで、相手が嫌がって、隙を作る。

そのための技だ。

頸が空く。

その頸に、腕を回す。

顎を引いて、サルトビがこらえる。

サルトビが、頭から、おれの下へ潜ってゆく。

胸へ、そして、腹の下へ。

逃がさないよ。

くるりと身体を回して、ほら、また同じポジション——じゃなかった。

サルトビのやつは、おれの左手首を握って、下からアームバーをしかけてきた。

無駄だね。

おれの腕は長いから、そのやり方じゃあ極められない。

「沸いてるね、武藤さん」

サルトビが、声をかけてくる。

「そうだな」

「これくらいでいいよね」

「何がだい」

「あんたに花を持たせるの」

「なに⁉」

「あんまり時間かけると、ボクが弱そうに見えてくるからね」

おれの腕を極めるのをあきらめて、サルトビは、また、おれの下へ潜ってきた。

それは、駄目だよ。

おれは、また、くるりと身体を回して――いや、身体は予定の半分しか回らなかった。

サルトビが、おれの身体の下へ潜り込んで、足を取ってきた。

いや、足というよりは、脚だ。

「武藤さん、これが、現役最後の試合になるね――」
その声が聴こえた時、おれの身体が、ぐうっと持ちあがった。
サルトビが、おれの右脚を後ろから抱えたまま、立ちあがったのだ。
凄い力だ。
さらに上へ、おれの身体が持ちあげられる。
そして――
すとん、と、マットの上へ落とされた。
右足の踵から。
どうってことない技だった。
気にもしなかった。
ただ、左足でカバーはした。
左足で、落とされた時の体重を半分支えるつもりだった。
その左足を、一瞬、サルトビが自分の左足で刈ってきた。
その結果、左足は間に合わず、おれは、右足の踵から落とされていた。
落とされた時に、右脚を〝く〟の字に曲げられていた。
「よいしょ」

そして、そのまま——

「あぎゃっ」

と、おれは、声をあげてしまった。

かなり、だらしない声であったと思う。

無造作なやり方だったが、かなり、狙った技であった。タイミング、落とす角度、それが最高にうまかった。

膝の関節がはずれていた。

膝からはずれた脛《すね》の骨が、大きく膝の上へとび出していた。

観客から、悲鳴のような声があがった。

それは、不気味な光景だった。

たっぷり、二〇センチ近く、おれの膝の下から、骨が抜けて持ちあがっていたのである。

血こそ流れ出ていなかったが、見て気持ちのいい光景でないことは確かだった。

おれは、何か、奇妙なものでも見るように、一瞬、その光景を見つめてしまった。

声が出たのは、その後だった。

しかも、最初は、その激痛のため、自分の口が悲鳴をあげていることにも気づかなかった。

信じ難い激痛が、脳天を貫いた。
「おぎゃあああっ」
赤ん坊の、泣き声のようだったのではないか。
おれは、マットの上に倒れ、右膝を抱えて転げまわっていた。
レフェリーが、両腕を頭の上で何度も何度もクロスさせる。
試合終了のゴングが、けたたましく鳴らされていた。

4

そして、観客は、見たのであった。
その光景を。
カイザー武藤が、伊達の肩を借りて、リングを降り、花道を引きあげてゆく。
その花道の途中に、立つ人影があった。
おそろしく、巨大な漢《おとこ》であった。
その漢は、腕を組んで、ふたりを待っていた。
伊達と武藤が、足を止めた。

その漢の存在に気がついたからだ。

伊達が、顔をあげる。

武藤が、顔をあげる。

髭面《ひげづら》だ。

剛毛が、顔の下半分を覆っている。

かわりに、頭に髪がない。

知りあいのようであった。

伊達が、声をかける。

漢が、何かを言った。

その途端、伊達が怒り出して、武藤の脇の下から脱《ぬ》け出して、漢に摑みかかった。

漢は、伊達のその腕を摑み、持ちあげた。

プロレスラー、伊達の身体が、軽々と宙に浮いていた。

巨漢でこそないが、伊達の体重は、百キロあまりある。

漢が腕を振ると、伊達の身体が横へふっ飛んだ。

花道と、観客席を分ける鉄柵に、激しく身体をぶつけて、伊達の身体は動かなくなった。

左脚で立っていた武藤が、漢に殴りかかった。

その拳が、漢の顔面にぶちあたる。

漢は、その時、笑ったように見えた。

わざと、よけずに武藤の拳を受けたように思えた。

漢は、武藤に何かを言った。

そして、右の拳で、武藤の顔面を無造作に打った。

それで、武藤の巨体がふっ飛び、鉄柵にぶちあたって、伊達の横に転がって、動かなくなってしまったのである。

男の正体を、観客が知ったのは、その後だった。

アナウンサーが、次の出場者の名前をコールしたのである。

「マンモス平田ァ〜〜」

その時、右拳を高だかと突きあげたのは、花道で、伊達と武藤をあっさりと動けなくした、髭面の巨漢であったのである。

マンモス平田は、花道に立って、右拳を高だかと突きあげている。

でかい。

とてつもなく、でかい。

二〇九センチのカイザー武藤に、身長こそ及ばないが、肉のボリュームは、倍以上に見えた。

マンモス平田——

身長、一九八センチ。

体重、一六〇キロ。

体重一三五キロの武藤より、二十五キロ重いことになる。

異様な肉体であった。

太い頸。

正面から見ても、横から見ても、同じくらいの厚みのある胸。

細身の女性のウエストより太そうな上腕。

瘤のような僧帽筋。

筋肉の化物であった。

頭部は、きれいに禿げあがっている。

頭髪を剃っているのか、毛が脱けてそうなったのかはわからない。

かわりに、鼻の下から、顎、頬にかけて、濃いヒゲが生えている。

その足元に、カイザー武藤が仰向けになって転がっている。

その顔を、平田は、左足で踏みつけた。

次が、右足だ。

右足で、カイザー武藤の腹を踏みつける。

マンモス平田が、さらに大きくなったように見えたのは、武藤の顔と腹を、両足で踏んで、その上に立ったからだ。

そして、巨大な肉の塊が動き出したのだ。

右拳はあげたままだ。

すでに、入場曲が会場に鳴り響いている。

ベートーベンの「運命」である。

左足、右足と、平田は武藤の上からおりて、床を踏む。

みしり、
みしり、
と、床が軋み音をあげる。

「おい、マンモス平田だぜ」

年配のファンの中には、マンモス平田の名前を知っている者もいる。

しかし、若いファンのほとんどに、マンモス平田の名前を知る者はいない。

マンモス平田は、二十二年前、二十一歳の時に、引退してプロレスラーをやめている。

今年、四十四歳。

カイザー武藤より、二歳齢下《としした》で、巽真よりは、四歳上だ。

その名を知る者は、ほとんどいないと言っていい。

大会パンフレットには、もちろん名前が載っており、元レスラーということまで書いてあるが、観客の興味は、今日の平田の相手の方に向けられていた。

ただ、今の事件で、平田は、観客の興味をいっきに自分の方へ引き寄せていた。

リングにあがる。

ただ、まだ、ロープをくぐってはいない。

マンモス平田は、エプロンから、青コーナーの上に登りはじめた。

その巨体が、青いコーナーポストのてっぺんに立った。

そこで腕を組む。

ぶれない。

揺れない。

みごとなバランスだ。

足が、コーナーポストを蹴る。

平田の巨体が飛んだ。

リングの中央に向かって、ダイビングだ。

一瞬、平田の身体が、リングと水平になる。

凄まじい音がして、マンモス平田の身体がキャンバスの上に落ちた。

リング全体が、大きく揺れて、撓《たわ》む。

立てない。

誰もがそう思った。

受け身をとったようには見えなかったからだ。

体重一六〇キロの人間が、コーナーポストから、リング中央にダイビングすれば、普通は、自重で怪我をする。

怪我をしなくても、動けなくなる。

自滅だ。

ところが——

リング中央で、マンモス平田の身体が動いた。

むくり、
むくり、

と、手が動き、腕が動き、足が動き、マンモス平田が立ちあがってきたのである。

リング中央に立って、ふたつの拳を突きあげた。

「ふおおおおおっ‼」

咆《ほ》えた。

客が沸いた。

ほぼ無名。

二十二年前までは、プロレスをやっていたといっても、客にとっては知らないも同然だ。

知っていても、

「ああ、あいつか」

である。

知っている人間にとっては、身体だけはでかかったが、動きがもたもたとしていて、プロレス的センスがない——そう思われていたレスラーだ。

「試合ができるのか」

「ひきたて役として、呼ばれたんだろう」

多少、プロレスの事情に通じている者は、そう考えている。

プロレスでなくても——つまり、真剣勝負の試合であっても、ひきたて役、負け役は存在する。
どちらか一方を、主催者側が勝たせたいと思った時、弱い相手をぶつければいいからだ。

そういう場合、ただ弱いだけではだめだ。ほどよい知名度と、見た目の派手さが必要になる。

マンモス平田の場合、知名度としてはぎりぎりだが、見た目の派手さという点では申し分がない。

古いファンならば、幾つかの噂も耳にしている。

身体がでかくて、将来を嘱望されていたが、もっと身長のあるカイザー武藤が入門して、唯一の特徴である身体の大きさが売りにならなくなったということや、今回の興行の主催者である巽真に、控室で潰された――そういう伝説の如き噂も耳にしているであろう。

そういう人間にとっては、

「何故、巽真のリングに、平田があがるのか――」

という疑問が湧く。

さっきのできごとについては、

「平田は、カイザー武藤に、これまで溜っていた鬱憤をはらしたのだろう」

そう推測する。

このようなことを考え、思い、期待をふくらませて盛りあがることができるのである。

リングアナウンサーが、

「続きまして、大龍山《だいりゅうざん》選手の入場です」

次のファイターの名前をコールした。

途端に、会場が、ぐわっとねじまがるような熱量を持って、爆発した。

そこで、会場に鳴り響いたのは、雷鳴の轟きと、『ビッグ・ドラゴン』のイントロであった。

三年前に、ヒットチャートの一位に居座り続けた、ロックバンド「ジャッカルズ」のヒット曲だ。

曲と共に、花道へ出てきたのは、黒いフードつきのガウンを纏《まと》った男であった。

しかも、おそろしく身体がでかい。

身長は、パンフによれば、一九六センチ。

体重は、一六二キロ。

マンモス平田よりは、二センチ低いが、体重は二キロ多い。

大龍山がリングに入る。

歌が終り、大龍山が、ガウンを脱ぎ捨てた時——

観客席から、

「ほう……」

という溜め息にも似た声が、一斉にあがった。

無理もない。

皆が予想していたのとは違う肉体がそこにあったからだ。

大龍山——一年前までは、大相撲の大関だった。

博打が好きで、違法なカジノに出入りしていることがわかり、引退することになった。

その時、二十四歳。

現在は二十五歳である。

体重は、当時で一八二キロ。

力士時代はアンコ型——今回発表された体重が一六二キロということは、二〇キロ減量したことになる。

観客が驚いたのは、この一年で、大龍山の体型が、アンコ型から、筋肉質なものに変化していたからである。

大龍山——実は日本人ではない。

トルコ人である。

この、身体の大きな人間を、見つけ、自分の大龍《だいりゅう》部屋へ入門させたのが、親方の大龍であった。

入門四年で大関になり、次の場所では綱もねらえるという時に、闇カジノへ出入りしていることがわかって、週刊誌に写真を撮られ、それが掲載されて、違法行為が表ざたになってしまったのである。

身体が大きいので目立つ——それにプラスして、大関の知名度があり、髷も結っている。わからぬわけはない。

それでも、反省の弁をのべれば、復帰の道もあったのだが、

「何故、いけないのか」

次の号で、大龍山のこの発言が載ってしまった。

「日本では、競馬や競輪は金を賭けている。それなのに、どうして、カジノがいけないのか——」

そういう言葉がまた別の週刊誌に掲載され、大騒ぎになってしまったのだ。

それで、あっさり相撲をやめてしまったのであった。

引退した大龍山に声をかけて、東洋《とうよう》プロレスにひっぱったのが、巽真であった。

当然、客は、この日の試合に大龍山が出ることは、わかっていた。

パンフにもその名前はあり、知らぬ者はない。

だから、客の見立ては、巽真が今日、勝たせたいのは、マンモス平田ではなく、大龍山であると見切ってしまったのである。

どちらの肉体も、リングで眺めていて遜色ない。

マンモス平田が、引退後、何をやっていたかは謎であった。

身体はできていても、格闘技か、それに準ずるものをやっていなければ、勝つのは難しい。

逆に、競技こそ違え、大龍山は一年前まで現役の競技者であり、その競技の最高位にまで、手が届きかけていた選手である。

なお、知名度では、圧倒的に、大龍山の方が高い。

そして――

大歓声の中、試合開始のゴングが鳴ったのである。

試合は、開始、二分十九秒で結着した。

まず、ゴングが鳴った瞬間に、大龍山が頭から、突っ込んだのだ。

それを、平田が受けた。

額と額がぶつかって、がちいんっ、という凄まじい音がした。

それだけで、ふたりの額から出血した。

これは、互角。

次の瞬間、大龍山が、右の掌底を放った。

この右の掌底が、まともに平田の顔面を叩いていた。

掌底――相撲では張り手である。

体重の乗った重い一撃だ。

平田は、それを、避《よ》けもしなかった。

あるいは、避ける技術を持っていなかったのか。

その後、一方的に殴られた。

たて続けに顔を。

額からの血に、目蓋《まぶた》を切った血と、鼻血が加わった。

しかし、驚いたことに、殴られているその時間、平田はずっと笑みを浮かべていたのである。

大龍山のパンチが、一瞬とぎれた時、

「よいしょ」

平田の右手が、大龍山の股間に潜り込んだ。

軽々と、大龍山の身体が持ちあげられた。

一六二キロの大龍山が、天に浮いた。

高い。

その高さから、大龍山の巨体を、いっきにキャンバスに叩きつける。

ぐわっしゃーん‼

リングが、巨大地震にみまわれたように、上下左右に揺れた。

大龍山は、背中からマットにぶつかっていた。

プロレスで、最もシンプルな技、誰もが眼にする技だった。

ボディスラム。

その、たった一発のボディスラムで、大龍山は動けなくなっていた。

ところが、平田は、すぐにはその相手の大龍山を攻撃しなかった。大龍山を見もせずに、背を向け、悠々と、自分のコーナーポストの上に攀《よ》じ登り、そして、飛んだのである。

ボディプレス——

宙を飛んだので、その上にフライングがついて、フライングボディプレスだ。

その一発で、まだ動いていた大龍山の身体が完全に動かなくなった。

そういう手間をかけずとも、勝てた試合であった。

倒れて身をよじっている大龍山の上に馬乗りになって、パンチを入れれば、すぐにレフェリーが止める。

それを、わざわざプロレス技に、平田はこだわった。

文字通り、プロレスで、マンモス平田は、大龍山に勝ってしまったのである。

リングアナウンサーが、マイクを持って、リングにあがってきた。

勝利者インタビューである。

「どうでしたか、今日の試合は？」

そう問いかけてから、アナウンサーは、持っていたマイクをマンモス平田の口元へ持っていった。

「弱かったな」

ぼそりと、平田は言った。

会場は、沸かなかった。

奇妙なざわめきが生まれただけだった。

通常、こういう時は、勝った方は相手を褒める。

相手が強かったのでたいへんだったでもいい、自分はたくさんトレーニングを積んできたので、でもいい。

相手をけなさないという、人間としてのルールがある。

いくら相手が弱かったとしても、それをあからさまに口にしたりはしない。

それを言ってしまった。

会場にいる客の中には、多少はその言葉に反応を示して、声をあげる者はいるが、多くは、平田の言葉にどう反応してよいのかわからないでいる。

それが、会場全体としては、不思議なざわめきとなったのだ。

東洋プロレスの興行なので、当然プロレスファンも何割かいる。平田のことを知っている客もいる。そういう客の多くは、明らかに平田に声援を送っていたし、平田が勝利した瞬間には、歓声をあげている。

そういう観客も、今の平田の言葉に、上手な反応をしそこねてしまったのだ。

アナウンサーも、一瞬、平田の言葉にどう反応してよいのか、とまどった。

そこへ――

「おれは、本当は関節技が得意なんだ。その関節技で勝負するつもりだったんだが、大龍山が弱かったんで、やるまでもなかったな――」

平田が、勝手にそう言った。

声は、朴《ぼく》である。

そして、低い。

言葉を、一句ずつ、ちぎっては捨てるようなしゃべり方だ。

そうして、これを、大龍山が、耳にしてしまったのである。

セコンドふたりが、リングにあがり、倒れている大龍山を助け起こしている最中だった。

大龍山は、すぐに気がつき、何が起こったのかという顔で、周囲を見回した。

そこへ――

「弱かったな」

という、平田の声が、耳に飛び込んできたのである。

平田が何のことを言っているのか、すぐには大龍山にはわからなかった。

だが、頭が澄んでゆくにつれて、平田が何のことを言っているのかが、理解できるようになった。

この時には、立ちあがって、平田と握手をするため、一歩を踏み出そうとしていた。

が、二度目の「大龍山が弱かったんで」というところが耳に入って、大龍山は、かっ、となってしまったのである。

セコンドが制止しようとするのを振りきって、大龍山は、平田に殴りかかったのであった。

リングアナウンサーの左の肩口を越えて、大龍山の右拳が、平田の顔面にむかって、飛んできた。

その拳が、平田の顔面に、まともにぶつかった。

鼻頭《はながしら》だ。

その顔面に当てられた拳を、平田が左右の手で握っていった。

右手が拳を。

左手が手首を。

ねじった。

めちゃっ、

という凄まじい音を、アナウンサーが持っていたマイクが拾った。

「うがっ」

大龍山が、声をあげた。

マンモス平田が両手を放すと、そこに現われたのは、不気味なかたちになった大龍山の手であった。

右手が、手首のところでねじれて、手のひらが外側に、手の甲が内側に向いていたのである。

「関節技が得意」

と、平田は口にしていたが、これは、〝関節技〟と呼べるようなものではなかった。

ただ、力まかせにねじっただけだ。

技ではない。

力だ。

となれば、大龍山の拳を顔面に受けたのも、わざとであったということになる。

だいいち、大龍山のパンチは、その気になれば、避けられたはずだ。

なにしろ、大龍山は、セコンドふたりを引きずっていたのである。

近づいてくるのは、いやでもわかる。

パンチを避けられないわけはない。

ふい打ちではないのだ。

それを、平田は動かなかった。

動かずに、拳を受けた。

何故か。

理由はひとつだ。

パンチを止めるためだ。

動いている拳は、掴みにくい。

しかし、止まっているパンチなら、掴みやすい。

それで、パンチを止めるために、自分の顔面をさし出したのである。

ボクサーのパンチではないとはいえ、仮にも元大関、体重一六二キロの人間のパンチである。

それを受けるというのは、よほどの勇気がいる。

勇気だけではない。

頑丈な肉体と、その肉体に対する圧倒的な自信が必要である。

それを、平田は持っていたことになる。

もうひとつ。

すでに試合が終了していたため、試合外のアクシデントですませるためには、まず、大龍山の攻撃をいったん受けておく必要があったということだ。

それならば、正当防衛ということになる。

先に仕掛けてきたのは、大龍山の方なのだ。

「う、ご、ごご……」

左手で、右腕を押さえ、呻《うめ》き声をあげている。

リングドクターが、リングに駆けあがってきた。

「シャアアアアッ！」

平田が、咆えた。

「ふおおおおおおおっ‼」

ふたつの拳を、天に向かって突きあげていた。

5

姫川勉《ひめかわつとむ》は、静かに赤コーナーに立っている。

肩近くまである長めの髪。

抜けるような白い肌。

やや切れ長の眼。

女のような紅い唇。

胸に北辰館《ほくしんかん》と縫いとりのある空手衣《からてぎ》を着ていた。

素足。

両手に嵌めているのは、オープン・フィンガー・グローブである。

対角線上の青コーナーに立っているのは、マカコだ。

道衣《どうぎ》は、着ていない。

褐色の肌。

短い髪。

やはり、両手にはオープン・フィンガー・グローブを嵌めている。

姫川勉が、静かにそこに立っているのに対し、マカコは、左右の足に、交互に体重をのせながら、リズムをとっている。

軽く拳も振っている。

ブラジリアン柔術の使い手だが、実際はシュートボクセにいた人間である。

シュートボクセ——キックボクシングをベースにした、ブラジルの総合格闘技だ。

そこの人間でありながら、ガルシーア柔術の、ホセ・ラモス・ガルシーアと共同で動いている。

ブラジルには、ひとつの噂がまことしやかに伝えられている。

それは、ブラジルに柔術を持ち込んだ前田光世《まえだみつよ》が毒殺されたのではないかという噂だ。

ガルシーアと組んで、その噂の真相をさぐっているのが、このマカコであった。

前田は、日本の特別なシークレットである柔術の技術を、許可を得ずブラジル人に教えてしまった。

それで、怒った講道館《こうどうかん》が、刺客を放って、前田光世を毒殺したのではないか、と、ブラジルの格闘家たちは考えているらしい。

しかし、この件は、すでに結着を見ている。

ただ、マカコは、まだそのことを知らないということだ。

レフェリーにうながされ、ふたりは、リング中央で向きあった。

ゴングが鳴る。

その瞬間。

パアン！

と、マカコの左頬が鳴った。

いや、鳴ったのは、マカコの左頬ではなく、姫川の右の上段蹴りを受けた左手であった。

鮮やかな、姫川の一撃であった。

鮮やかで、そして、疾《はや》い。

ほとんどその動きが見えない。

だから、足の軌跡が見えて、ガードできたわけではない。

姫川の動きから、右の上段蹴りと見て、ガードしたのである。

それにしても、どうして、姫川は空手衣を着てきたのか。

どう考えても、道衣を身につけるのは不利である。

摑む場所が、いくらでもあるからだ。

襟、裾、袖——どこを摑まれても不利であった。

自分が道衣を着ずに、相手が着ていたら——しかも、相手の道衣をこっちが摑んだのであれば、こんなに有利な状態はない。

投げにいくにしても、倒して寝技に持ちこんで、関節技を仕掛けるにしても、自在であった。

ましてや、相手はブラジリアン柔術をやっているのである。

そこを、あえて、空手衣を着た。

姫川の立ち姿は、美しかった。

かたちの整った、一本の樹だ。

「本気ですか」

マカコが、低い声で、囁くように言った。

「まさか、ギを着てくるとはね」

〝ギ〟というのは、ブラジルでは、柔道衣のことであり、空手衣のことであり、柔術衣のことでもあった。格闘技の試合で、身につけているものは、いずれも〝ギ〟とみなされる。

「怖いのですか」

姫川が言った。

「まさか」

マカコは、その言葉を言い終える前に、足を大きく踏み出してきた。

「シッ！」

マカコの蹴りが、空を切る。

ローキックで、姫川の脚をねらってきたのである。

その蹴りを、姫川が退《さ》がってかわしたのだ。

が——

マカコの動きは止まらなかった。

空を切った蹴り足をそのまま振り抜いて、身体を回転させ、そのまま二転、三転、軸足を入れかえながら、バックスピンキックを放ってきたのだ。

そのことごとくを、姫川がかわす。

かわし終えたその瞬間であった。

「ほキャア！」

マカコの口から、高い声が洩れていた。

すとん、

と、マカコが、姫川の懐に飛び込んできた。

マカコの右手が、姫川の左の襟をつかんでいた。

マカコが、腰を落とした。

自分の体重を、そのままかけて、姫川を引き込みにきたのである。

が——

マカコの体重は、ほとんど姫川にはかからなかった。

姫川は、マカコの動きを読んでいたように、自分からマカコの身体の上に、身体を被せていったのである。

「ぐっ！」

と、小石のような呻き声をその口から吐き出したのは、マカコだった。

姫川が、マカコの上に被さりながら、左膝を腹の上に落としたからである。もちろん、これは、マカコの動きを見切っていたからこそ、できたことであった。

立ち技では、姫川に分《ぶ》がある。

北辰館のトーナメントで、優勝している実力者だ。

それで、マカコは、寝技の展開に持ちこもうとしたのだ。

しかし、その動きを姫川に読まれたのだ。

だが、いくら膝を腹に落とされたとはいっても、致命的なダメージを負うほどではない。

ともあれ、寝技には持ちこんだのだ。

しかも、姫川は空手の道衣を着ている。

マカコは、トランクスを穿いているだけだ。

寝技になった今、マカコは圧倒的に優位な状態にあった。

にいっ、
と笑って、マカコは姫川を見あげた。

そして、マカコは、そこに意外なものを見た。

姫川もまた、マカコを見下ろしながら微笑していたのである。

何故か⁉

どうしてこの男は、こんな状態で微笑できるのか。

自分が不利になった時、大きなダメージを負った時、笑うということは、まま、ある。

少なくとも、めったにない現象ではない。

しかし、その多くは、強がって笑うのだ。

ダメージを隠すために。

心の動揺を隠すために。

しかし、姫川のその笑みは、マカコの知っているどのような笑みとも違っていた。

強がっている笑みではない。

虚勢をはっている笑みでもなかった。

かといって、闘いを楽しんでいるという笑みでもない。

たとえていうのなら、いつも歩いている近所の道で、アスファルトの透き間に咲いたスミレを見つけた時に、そういう笑みを人は浮かべるかもしれない。

飼っている猫が、思いがけずにした行為や動作が可愛かった時――そういう時に、人はこのような笑みを浮かべるのかもしれない。

子供が、イタズラに失敗するのを見た時、それを見ている母親は、このような笑みを浮かべるのかもしれない。

どうして、この男は、そういう微笑を浮かべるのか。

考えなくていい――

と、マカコは思う。

前回は、それで失敗をした。

伊達潮男とやった時だ。

あの時、伊達はいろいろと仕掛けてきたではないか。

打撃ができないふりをした。

しかし、打撃ができた。

寝技ができないふりをした。

しかし、寝技ができた。

けれども、打撃も寝技も、そこそこだった。

プロレスラーにしては、いい打撃ができた。

プロレスラーにしては、かなりの寝技ができた。

しかし、それはみんな、「プロレスラーにしては」というカギカッコつきのことだ。

打撃は、自分の方ができた。

寝技にしても、自分の方が上だった。

結局、勝つには勝ったが、手こずってしまった。

それは、伊達が、日本人だったからだ。

日本人の表情は読めない。

しかも、伊達は、プロレスに関してはプロ中のプロだった。伊達は、あの時、プロレスを仕掛けてきたのだ。

自分は、それに惑わされてしまった。

だから、今、ここで姫川に騙されてはいけない。

考えたら、騙される。

自分の技術と、力を信ずる。

相手の行為や表情に、そのつど心を動かされていては、試合には勝てない。

自分にわかっているのは、どのような関節技であれ、それがいったん掛かったら、誰であれ、ギブアップするしかないということだ。

首に、チョークスリーパーを掛けられて、頸《けい》動脈を絞められたら、どんな人間であれ、ブラックアウトするしかないということだ。

それは、この姫川も同じだ。

姫川を倒す。

姫川に勝つ。

その上で、姫川に問う。

スクネ流の秘伝書のことを。

コンデ・コマが持っていた秘伝書だ。

ホセ・ラモス・ガルシーアに依頼されたことだ。

それが、ガルシーア柔術を、ホセから学ぶ時の条件だった。

ホセが考えているのは、ガルシーア柔術の世界進出である。

世界の全ての国に道場を開き、全ての格闘技の上位に立ち、君臨する。

それが、ホセの野心であった。

おそろしく強いくせに、おそろしく細心で臆病。

臆病が、ホセ・ラモス・ガルシーアの本質であると思っている。

絶対に負けない。

絶対に勝つ。

それがホセだ。

そして、臆病。

臆病であるから、ブラジルで流れている噂が気になったのだ。

コンデ・コマが持っていたスクネ流の秘伝書——その秘伝書の中にある技で、コンデ・コマは日本からやってきた刺客に敗れたのだとホセは思っている。

秘伝書を持っていたコンデ・コマは、当然、その秘伝書の中にある技のことは熟知していたはずだ。

二千試合、無敗――

この記録の中には、その秘伝書の技を使った試合もあるはずであった。

その秘伝書の技で、コンデ・コマ、前田光世は敗れ、そして、死んだ。

毒を使う技も、その秘伝書には書かれていたという。

その毒の技で、コンデ・コマは負けたのだ。

少なくとも、ホセはそれを信じている。

ホセは、世界進出をする時に、一番の敵になるのは日本人であると考えていた。

日本には、スクネ流とその秘伝書があるからだ。

その秘伝書に何が書かれているのか。

それを知ることが、世界の頂点にガルシーア柔術が立つためには必要であった。

それさえ知れば、もう、この世界におそれるものはない。

それで、ホセは、スクネ流の秘伝書を手に入れようとしたのだ。

姫川は、そのスクネ流の関係者だ。

必ず何かを知っているはずだ。

姫川に訊く。

その前に、この姫川に勝って、優位に立っておく。

前に、一度、勝負をしかけたのだが、その時は未遂に終ってしまった。

今日は、その続きだ。

だから、勝つ。

そのためには、姫川が笑っていようが、泣いていようが、その表情の意味を考えないことだ。

やれる時に、必ずやれることをやる。

一手ずつ。

そのためのマシンになればいい。

そうすれば、自然に勝利は自分のものになる。

いつの間にか、姫川の身体を、両脚の間にはさんでいる。

ガードポジション――

考えていない。

自然に身体が動いている。

どういう時にどうすればいいか。

寝技なら、みんな身体が覚えている。考えなくていい。

相手の動きに、自分の身体が適正に反応して、その結果、気がついたら勝利している

――それでいい。

それが寝技の理想形だ。

きたな。

そうきたら、こうやって、するとこうなるから、ここで右足を入れて、ひっくりかえして、ほら、スイープだ――

え⁉

どうしておれが、まだ下なんだ。

スイープしたはずなのに、おれが、マットを見ながら両肘を突いている。そのおれの背中に姫川のやつが乗っていて、手をおれの顎の下に入れようとしている。

何が起こったのか。

わからない。

たぶん、知らないことをやられたのだ。

まだ、おれの知らないテクニックを姫川が使ったのだ。

姫川に、どうして、こんなことができるのか。

そうか。

スクネ流か。

スクネ流は、日本の、柔術の古流だ。

それならば、当然、姫川は古流のテクニックを持っていることになる。

調べたからわかっているが、あと、こいつが学んでいるのは、竹宮《たけみや》流だ。

スクネ流、竹宮流という古流を、姫川は知っている。

だが、姫川は、これまでそれを試合で使ったことがない。

すべて、姫川は打撃で勝っている。

だが、実は、姫川の本質は、古流の寝技にあるのではないか。

しかし、古流は古流だ。

ブラジリアン柔術は、近代柔術だ。

古流の柔術をアレンジして、レスリングからも、他の格闘技からもそのエッセンスを吸収して、まったく新しい技術体系を作りあげたものだ。

ガルシーア柔術は、その中でも一番のてっぺんにある流派だ。

古いスタイルの柔術に負けるわけはない。

しかし、どうして、道衣を着ている姫川を捉えきれないのか。

捉えようとしても捉えようとしても、姫川は逃げてゆく。

先手、先手をねらいながら追っかけているつもりなのに、いつの間にか、追いつめられているのは、おれの方じゃないか。

糞。

おかしい。

偶然ではない。

姫川は、おれの知らない技術を持っているのだ。

姫川が、おれの背中に被さって、右耳に唇を寄せてきた。

その唇から、信じられない言葉を、耳に注ぎ込まれた。

姫川が、囁いたのだ。

おれにしか聴こえない、小さな声で――

「あなたの捜している須久根流の秘伝書は、もうこの世にはありませんよ……」

驚くべき言葉であった。

何ということか。

何という言葉を、おれの耳に注ぎ込んでよこしたのか。

「燃えて、灰になってしまいましたよ」

なに⁉

一瞬、おれは、動きを止めてしまった。

姫川は、それを見逃がすタマではなかった。

するりと、おれの顎の下に、姫川の右手が這い込んできた。

「ぬう⁉」

おれは、唸った。

その時、第一ラウンド終了のゴングが鳴ったのであった。

6

青コーナーで、椅子に座ったマカコがセコンドのマッサージを受けている。

しかし、マカコの顔は、セコンドのブラジル人の方を見ていない。

マカコは、リング下にいる別のブラジル人と話をしているのである。

そのブラジル人の顔は、会場にいる者なら誰もが知っている。

ホセ・ラモス・ガルシーア――

ガルシーア柔術の総師である。

この日の試合で、セコンドのひとりとしてマカコにつくため、三日前に日本に入ったのである。

会話は、当然ブラジルの言語――ポルトガル語である。

その会話を理解している者は、周辺にいるブラジル人以外、誰もいなかった。

仮に、それを日本語にするのなら、次のような意味になる。

「本当か⁉」

リング下から、ガルシーアが言う。

「さっき、リングでヒメカワがそう言ったんだ」

マカコが答える。

「スクネ流の秘伝書が、灰になってしまったと?」

「ああ、そうだ」

「どうして、灰に……」

「燃やされたからだと――」

「そうではない。何故燃やされたのかと訊いている」

「わからない」

「何か、理由があるはずだ」

「おれを動揺させて、そこにつけ込むつもりなんだろう」

「解禁だ」

「解禁？」

「コブラを使っていい」

「おれに危険な実験をやらせるつもりかい」

「そうだ。ヒメカワは、ギを着ている。コブラを掛けるのにちょうどいい」

コブラ——ポルトガル語で蛇のことだ。

「やるよ。ヒメカワが、どう逃げるか、見ればいい。極《き》まったら、落とす前に、もう一度、秘伝書のことを訊いてみるぜ——」

マカコがそこまで言った時——

「セコンアウッ！」

セコンドアウトの声が響いた。

セコンドが、ペットボトルの水を、マカコの口に流し込み、タオルと椅子を持ってリング下にもどった。

マカコは、再び姫川と向きあった。

ゴングが鳴った。

7

姫川とマカコは、リング上で、互いに互いの身体を回りあっていた。

マカコは、両方の腕をもちあげて、拳で頭部をガードしている。

逆に、姫川は、両手を軽く前に出しているだけだ。

それだけ見ると、まるで柔道家のようであるが、足でとっているリズムは、柔道家のものではない。

明らかに、打撃系のリズムである。

しかし、それは、キックボクシングのリズムではないし、ムエタイのリズムとも違う。

空手――それも、フルコンタクト系の空手のリズムではなく、伝統派空手のリズムだ。

足は、前後に、やや大きく開いている。

その動きの刻み方は、左右よりも前後に大きく刻んでいる。

間合の外で、リズムを刻みながら、一瞬にして間合に入り、打つ。

前に出している足は、ローキックでねらわれやすいのだが、マカコはそれをねらってこなかった。

姫川が、前に出した両手が気になっているらしい。

しかし、いくら手が前に出ていても、マカコは、摑まれる襟もなければ、袖もない。衣《ギ》を着ていないのだ。

摑まず、直接組むしかない。

姫川は、何かを誘っているように見える。

だが、何を誘っているのか。

ローか。

もしも、マカコがローを打ちにいったら、その瞬間に組んでくるか、顔面に拳を打ち込んでくるのか。

いずれも、可能である。

互いに、相手に先に手を出させようとしているとしか思えない。

「ファイッ！」

レフェリーが、ファイトせよと声をかけてきた。

姫川は、唇の片端をあげて、微笑する。

同時に、すうっと前に出た。

前に出て、右足で、マカコの左脚に、ローを叩き込む。

当る。

空手家のロー、下段蹴りだ。

この時、姫川の右手が、下がる。

フルコン系の蹴りには、そういう特徴がある。

姫川の場合も、わずかだが、下がった。

右手を振り下ろしながら、その反動を利用して右足で蹴りにゆくのだが、これだと右のガードが下がることになる。

すると、蹴りを出した方の顔面を、相手の左拳が打ちやすくなる。

ローに合わせて前に踏み出し、左を出せばいい。

リズムを読めば、簡単に合わせることができる。

しかし、姫川は、そういうわかりやすいことをやる人間ではない。

なのに、どうしてこんなことをするのか。

そういう心の動きが、マカコの内部に生ずる。

姫川って、こんな奴だったか。

まさか、姫川が。

これは、誘いか。

ローを蹴ってこいという誘いから、別の誘いに転じたのか。
マカコは、そう思う。
しかし、むろん、表情には出さない。
また、下段蹴りが来る。
姫川のガードが下がる。
やはり誘いか。
しかし、誘いであっても、現実にガードは下がっている。
左のパンチが入りそうだ。
試してみるか。
そう思う。
失敗しても、そのまま距離をつめて、コブラをねらうことができる。
やるか。
そう決めた時に、姫川が、すっと間合に入ってきた。
これまでよりも、深い。
ローキックの間合ではない。
組み技——というよりは、胴タックルの間合だ。

それにしても、これは、間合が近すぎる。
しかし、姫川の顔面はがら空きじゃないか。
ならば、予定通り左で姫川の顔面を——
前に出なくていい。
姫川の方から、パンチの間合に入ってきたのだ。
マカコの左が、打ち出される。
その瞬間であった。
背後から、マカコの後頭部を、激しく打ってくるものがあった。
なんだ、これは。
後ろに、もうひとり、敵がいたのか。
マカコは、一瞬そう思った。
姫川の顔が、笑っている。
その顔の左側へ、マカコの出した左の拳が抜けている。
姫川が、上体を右へ振って、パンチをかわしたのだ。
何が起こったのか。
想像できることはひとつだ。

姫川が、右の爪先で、後頭部を蹴ったのだ。

おれの、左脇から入って、背後に回った姫川の右足が、おれの後頭部を打ったのだ。

こんなことができるとは。

身体の柔らかい人間は、壁を背にして立ち、自分の足の先で、背後の壁を、自分の頭ごしに蹴ることができる。

自分の頭に被った帽子の鍔《つば》を、自分の爪先で蹴り、帽子を飛ばすことのできる者もいる。人によっては、その時、蹴りながら、帽子の鍔を、足の親指と人差し指で摑むことのできる者さえいる。そういう人間なら、今、自分がやられたようなことができる。

姫川が、そういう奴であったということか。

それだけの思考が、そのほんの一瞬の間に、マカコの脳裏に閃いた。

しかし、実際には、もっと凄いことが起こっていた。

マカコの後頭部を、姫川の右足が打った時、姫川の左足もまた、マットを蹴って宙に浮いていたのである。

その左足が、マカコの右肩から、マカコの首の後ろに回り込んでいた。

その時には、マカコの流れた左手首を、姫川の左手が摑んで、より先の方へ引いていたのである。

マカコの首にからんだ自身の左足を、姫川自身の右足がロックする。

なんと、姫川は、宙で、マカコに三角絞めをかけていたのである。

名づけるならば、飛びつき三角絞めだ。

マカコは、一瞬、耐えようとした。

何が起こったのかはわからないが、引き倒されたら負けだと思った。

上体を曲げ、姫川の体重をぶら下げたまま、耐えた。

だが、それも、ごくわずかな時間だった。

姫川が、両手でマカコの首を抱え、引いたのである。

マカコの身体が、
ごとん、
と、前につんのめるように倒れた。

姫川の背が、リングのキャンバスにぶつかった。

どちらも動かない。

レフェリーが、迷ったのは、わずか一秒だった。

マカコが、白目を剝いて、意識を失っているのがわかったからである。

頸動脈が完全に締まって、ほぼ一瞬にして、マカコはブラックアウトしていたのである。

姫川の肩を、レフェリーが叩く。

次に、レフェリーは、自分の両手を上に持ちあげて、頭上で三度、交叉させた。

姫川が、技を解く。

ゆっくりと、マカコの身体の下から這い出てきて、姫川が立ちあがる。

マカコは、尻を少し持ちあげた格好で、右頬をキャンバスにつけたまま、まだ動かなかった。

会場が、凄まじい歓声で揺れていた。

「あちゃー」

最前列で、腕を組んでこれを見ていた太い漢《おとこ》は、太い声をあげた。

「姫川くん、えらい目立つことしてくれちゃったじゃないの」

北辰館の総師、松尾象山であった。

リングに、マカコのセコンドが駆けあがってくる。

飛礫《つぶて》の嵐のように襲いかかってくる歓声を、シャワーのように浴びながら、姫川は静かに微笑していた。

その姿を、リング下から見あげながら、涼しい顔で見つめているのは、ホセ・ラモス・ガルシーアであった。

ガルシーアもまた、姫川を見つめながら、微笑している。

「蟬丸《せみまる》……」

リング中央で、姫川は、小さく、今、自分がマカコを倒したばかりの技の名をつぶやいた。

須久根流の技であった。

もちろん、この声は、誰にも聴こえていない。

レフェリーにも。

声が届きはしなかったが、会場の最後列よりさらに後ろ――壁に背をあてて立っている漢の唇からも、

「蟬丸か……」

同じ技の名が洩れた。

黒い声であった。

顔が鉄錆色をして、黒い。

吐く息も、その思考までもが黒そうな漢である。

久我重明《くがじゆうめい》であった。

二章　京野京介

1

四月三〇日に開催された、この日の試合は、もともとのことで言えば、四月二十五日の開催で、東洋プロレスと北辰館との対決となる予定であった。

本来は、東洋プロレス対北辰館の五対五マッチとなるはずであったものが、それぞれの団体でのトーナメントを経てから、代表者を決め、その代表者を闘わせることとなったのである。それが、四月二十五日だったのだ。

東洋プロレスのリングで四人のトーナメントを行ない、優勝者一名を出す。

北辰館でも四人のトーナメントを行ない、優勝者一名を出す。

その二名が、二つの団体を代表して闘う——そういう予定であった。

この二名にからめて、東洋プロレスから巽真——グレート巽が出場し、北辰館から松尾象山が出場するという案まであった。

東洋プロレスのトーナメントを勝ちあがった者が、松尾象山と闘う。

北辰館のトーナメントを勝ちあがった者が、グレート巽と闘う。

そして、年末に、この二つの試合の勝者が闘う。

もしかしたら、松尾象山対グレート巽の試合があり得るかもしれないという企画であった。

昨年、北辰館のトーナメントに、東洋プロレスの長田《ながた》が出場することにより、生じた流れである。

しかし、この企画が頓挫したのだ。

理由は幾つかある。

チケットを発売する十日前の時点で、状況が読めない事態に陥ってしまったのである。

東洋プロレスが主催したトーナメントでは、決勝戦が、葵文吾《あおいぶんご》対梅川丈次《うめかわじようじ》となった。

この試合が、ノーコンテストとなってしまったのだ。優勝者が決まらなかったのである。

北辰館主催のトーナメントの決勝戦は、丹波文七対姫川勉であった。

そして、この試合もノーコンテストとなって、優勝者が決まらなかったのである。

そして、葵文吾、梅川丈次、丹波文七の行方もわからなくなっていた。

丹波文七は、ルール上ノーコンテストではあったが、姫川に敗北したとの思いを持っていた。

試合中に、恐怖から、小便を洩らし、脱糞までしてしまったのだ。

結局、文七は、紀伊半島で、姫川源三《げんぞう》と出会い、土方元《ひじかたげん》とも再会し、東京へもどってきて、カイザー武藤と闘うことになって、勝利している。

トーナメントの時期に話をもどせば、葵兄弟のうちのふたり、密丸《みつまる》と飛丸《とびまる》は、奈良の泉宗一郎《いずみそういちろう》のところで、竹宮流を学んでいる最中であり、もうひとつ、大きかったのは、アメリカで開催された、アーニー・カスティリオーネが主催して、ホセ・ラモス・ガルシーアが優勝した「世界NHBトーナメント」があったことだ。

この試合を、松尾象山、巽真はアメリカで観戦している。

姫川勉は、急遽、この大会のリザーブ・マッチに出場し、ベン・ニクラウスに勝っているのだが、このイベントがあったことで、松尾象山と巽真は、考えを変えたのである。

予定を先へ延ばして、もっと大きな〝箱〟で、もっと大きな世界的な規模での大会にしようということになったのである。

それで、四月二十五日の〝箱〟を変え、開催日も四月三〇日として、あらたな試合を組むこととしたのである。

主催は、東洋プロレス。しかも、裏に大きなスポンサーがついたのである。

それが、この日、リングで行なわれている試合であった。

会場は、大阪——

万博記念公園コロセウムである。

2

会場は凄まじい歓声で、沸きたっていた。

が——

京《きょう》野《の》京介《きょうすけ》は、その騒ぎが耳に届いていないかのように、静かに青コーナーに立って、赤コーナーを見つめていた。

四月三〇日——

この日に行われた一試合目よりも、さらに前にあったオープニング・マッチである。

身長、一七八センチ。

体重、八十八キロ。

以前に、桐山《きりやま》加津夫《かつお》という、オリンピックの金メダリストとやった時より、体重を二キロ増やしている。

身体に、しっかりと筋肉はついているのに、女のような撫で肩だ。

京野のすぐ背後には、セコンドの磯村《いそむら》露風《ろふう》が立っている。背後ではあるが、ロープの外だ。

京野の眼は、優しい。

女のようである。

赤コーナーを見つめる眼差しには、色気とも媚ともつかない光が宿っている。

バランスの天才——

相手の重心を崩すのがうまい。

桐山を、ボクシング試合で、何度も投げた。

その投げは、柔道の投げとも違う。

レスリングの投げでもない。

パンチを当てたり、相手の攻撃のタイミングをずらしたりして、投げるのである。

むろん、反則ではない。

ボクシングでいう、スリップダウンを、仕掛けてとるのである。

パンチを当てて、崩す。

相手のバランスを崩すパンチなので、投げる時には拳を顔面にあてる必要はない。

相手のバランスが崩れ、倒れるように当てるので、拳がコンタクトする場所は、顔面などの急所でなくてもいいのだ。

腕でもいいし、肩でもいい。

当てて、重心を崩してやれば、もののみごとに、相手は転ぶのである。
「おっさん、怖い眼で睨んでるぜ」
背後から、磯村露風が言う。
何のことかは、わかっている。
今日の相手は、ジャン・クルーニーという黒人ボクサーであった。
現WACの世界チャンピオンである。
しかも、ヘビー級だ。
ジャン・クルーニーは、赤コーナーに立って、こちらを見つめている。
その背後、ロープの外のエプロンサイドに立っているのが、おっさんであった。
おっさん——川崎昇《かわさきのぼる》である。
しばらく前まで、京野が在籍していたジムのオーナーであり、トレーナーであった。
その川崎が、怖い眼で、こちらを睨んでくるのである。
川崎には、これまで京野を育ててきたという自負がある。
その京野を、磯村露風にとられてしまったと思い込んでいる。
自分が育てて、桐山に勝てるよう指導してきたと思っている。
それを、いきなり、土足で入り込んできた磯村露風がさらっていってしまったのだ。

やっと現われた逸材——その京野が、こちらに何の未練も残さず、出ていってしまった。

それも、哀しいが、それよりもくやしい。

そういう眼で、川崎が、こちらを見つめているのである。

こちらを見る川崎の眸《ひとみ》の奥に、ちろちろと青い火が燃えているのがわかる。

ジャン・クルーニーは、その川崎が送り込んできた刺客であった。

それで、急遽《きゆうきよ》、オープニング・マッチとして組まれたのが、このジャン・クルーニーと京野の試合だったのである。

「ジャンを呼ぶから、京野とやらせてくれ」

主催者側に、試合五日前、そう頼み込んできたのである。

巽真も、松尾象山も、断わる理由がない。

WACと言えば、WBA、WBCと並ぶ、ボクシング団体である。そこの、現役世界チャンピオンのジャン・クルーニーなら、充分客が呼べるし、世界的な注目も高い。

視聴率もあがる。

マスコミの記事のあつかいも、より大きくなる。

京野も、注目を集めたばかりの新人である。

とくに、京野に対する若い女性人気が凄まじいことになっていた。

今も、観客席から届いてくる京野への声援は、圧倒的に女性のものが多い。

ＷＡＣは、所属する選手が、他の競技に出場することを許している。

所属ボクサーが、空手の試合に出ようが、レスリングの試合に出ようが、ＭＭＡ《ミツクスドマーシャルアーツ》の試合に出ようが、ペナルティはない。

それに、ジャン・クルーニーが、ボクサーになったのは、二十三歳の時だ。

それから四年で、ヘビー級の世界チャンピオンになり、これまでに、二度、防衛戦に勝利している。

現在、二十八歳。

十代の時に、空手をやって、大学に入ってアマレスのフリースタイルを始めた。

全米の大会で、三度優勝。

オリンピックに出場確実かと思われていた時に、大学を卒業して、いきなりボクシングに転向したのである。

打撃も、寝技もできるアスリートであった。

身体は、ごつくて、しなやかだ。

筋肉の鎧に包まれているのに、身体は柔らかい。

仮に、もし、京野に倒されたとしても、それで勝敗が決まるわけではない。

倒れてからは、寝技になるのである。

京野が、どれほど寝技ができるかというのはわからないが、寝技になって、どちらが上になるかという勝負をしたら、自分の方が上だという意識が、ジャン・クルーニーにはある。

それに、今日は、減量する必要がないので、体重は、一〇五キロである。

京野が、八十八キロなので、体重差は十七キロである。

ボクサーの感覚としては、この体重差があれば、まず、ジャン・クルーニーの負けはあるまい。桐山とやった時に、京野がどんな魔法を使ったとしても、ジャン・クルーニーには通じないだろうと、川崎は思っている。

何かあったとしても、寝技になったら、京野の魔法は使えない。

ジャンも、川崎も、自信に満ちていた。

ジャン・クルーニー――

十二戦、十二勝、十二KO。

圧倒的な強さだ。

ファイトマネーは、二千五百万円。

勝てば、ボーナスで五百万。

ＫＯ勝ちならば、三百万。

合わせて、三千三百万円が手に入ることになる。

そういう契約だ。

体重差のことを思えば、楽勝である。

いい小遣い稼ぎの仕事だ。

現役の、ボクシングのヘビー級チャンピオンが、むこうから、出させてくれと、言ってきているのである。

しかも、京野とボクシングには、因縁がある。

客が悦ぶ。オープニング・マッチではなく、この試合のために、別の日に、大会場をおさえるべきでさえあった。

「オープニング・マッチなら――」

巽はそう言った。

京野は、すでに、この日、隅田元丸《すみだもとまる》との試合が決まっている。

それで、オープニング・マッチとなったのである。そして、勝った方が、本戦で、隅田元丸とやる。

巽が、そう提案したのである。川崎昇と、ジャン・クルーニーは、それを呑んだ。

隅田もこれを了承し、

「おもしろそうじゃん、それ」

磯村露風もまた、あっさりこの提案を呑んだのである。

それで、今、オープニング・マッチの、リングの上に、京野は立っているのである。

「一ラウンドで、勝っちゃって、いいの?」

京野が、磯村に訊く。

「あたりまえだろう。好きにするんだな……」

磯村露風が、背後で答える。

「試したいことがあるんだけどな……」

「何でも試してこい」

磯村露風がそう言った時、レフェリーが、ふたりを中央へ呼んだ。

京野が、前に出てゆく。

ジャンと向きあった。

レフェリーが、試合の注意事項を告げ、ボディチェックも終った。

どちらも、拳には、オープン・フィンガー・グローブを嵌めている。

もう、誰も、助けられない場所に、京野は立った。

ジャンの眼は、落ち着いていた。

正確に、京野のスペックを計算している顔であった。

「ファイ!」

レフェリーが叫ぶ。

互いに、互いの右拳を、軽く、ちょんと合わせた。

試合前、普通に行なわれる選手どうしの儀式のようなものだ。

その瞬間——

ジャンの身体が、あわてたように前に泳ぎ、バランスを崩していた。

京野の口から、鋭い擦過音が洩れた。

「シッ!」

京野の右のフックが、真横から、ジャンの顎先を軽くそっと打ち抜いていた。

いくらも力を入れたようには見えなかった。

が——

ジャンが、棒のようにぶっ倒れて、顔面をマットにぶつけ、うつ伏せになり、そのまま動かない。

総合の試合なので、倒れたジャン・クルーニーの上に被さって、パンチを打ち込んでもかまわないのだが、京野は、それをしなかった。
涼しい顔で、自分のコーナーにもどって立っている。
レフェリーが、両手を持ちあげ、自分の頭の上で、左右の腕を交差させた。
カン、
カン、
カン、
と、激しくゴングが鳴らされた。
一ラウンド、四秒。
これで、京野京介は、あっさりと、世界チャンピオンをKOしてしまったのである。

三章　立脇如水

1

強かった。
誰にも負けたことはなかった。
だから、強くなろうと思ったことはなかった。
空手を学んだこともなかった。
プロレスごっこをした記憶もない。
自分という存在は、そういう存在であると思っていた。
もともと、強い。
そういう存在は、地球上にいくらでもいるではないか。
羆《ひぐま》。
ライオン。
虎。
豹《ひょう》。
象。

マウンテンゴリラ。

皆、もともと強い。

そういう存在なのだ。

羆もライオンも、強くなろうなどと考えたこともないに違いない。

ゴリラが、強くなるための努力をするであろうか。

強くなるために、走るであろうか。

ダンベルを持ちあげたり、ストレッチをしたり、コーチに、獲物を屠《ほふ》るための技術を学んだりするであろうか。

しない。

やらない。

そういう発想すら、脳内に浮かんだことはないであろう。

彼らは、もともとそういう存在なのだ。

自分も、そういう存在であると思っていた。

なんとなくだ。

真剣に、そう考えて、出た結論ではない。

後になって考えてみれば、そういう感じだったのではないか——ということだ。

強くなるために、努力しない。

はっきりそう考えていたわけではないが、その方が男らしい——それくらいは思っていたかもしれない。

強くなるための努力、それは卑怯であると、そういう意識はあったように思う。

しかし——

強かった。

誰にも負けたことはなかった。

——立脇如水《たてわきによすい》。

それが、その少年の名前だった。

身体が大きかったのは確かだ。

中学一年で、一八〇センチあった。

体重は、九〇キロ。

喧嘩をふっかけてくる者がいたのは、中学三年の時までだった。

身体が大きい——それだけで、勝負を挑んでくる者がいたのである。

番長などという人間が、どの学校にもいた頃のことだ。

中学一年の時には、同学年の人間に挑まれた。

授業が終った後、体育館の裏手に呼び出された。

五月のことだ。

そこへゆくと、村木《むらき》という男がいた。

他に、村木の仲間の、石井《いしい》と高橋《たかはし》という男が一緒だった。三人とも同じ学年で、中学一年生だ。学年は同じでも、クラスは別。

通っていた小学校も別だった。

「おい、立脇、でかい顔してるんだって?」

石井が言った。

「でかい顔?」

立脇は訊いた。

何のことか、わからなかったからだ。

「その顔のことだよ」

にやにや笑いながら言ったのは、高橋だ。

「生まれつきかな……」

立脇は答えた。

おかしなことを訊くやつらだと思った。

身体が大きいので、自然に顔も大きくなる理屈だ。身体に比べて、特別に顔が大きくなるわけではない。

「とぼけてるのか?」

高橋が、まだにやにや笑いを口元にへばりつかせたまま言った。

「とぼけるって?」

「だから、その顔がだよ」

高橋が近づいてきた。

それで、ようやく、立脇は気がついた。

この三人は、自分に因縁をつけてきているのだと。

因縁をつけて、自分を脅しているのだと。

「そうか、わかったよ」

立脇は言った。

彼らは、新しく入ったこの中学で、いばりたいのだ。

皆の上に君臨したいのだ。

「何がわかったんだい?」

石井が訊ねてきた。

「おれ、そういうのに興味ないから」

はっきりと言ってやった。

「そういうのって？」

「今、きみたちがやってることだよ」

「きみたちだって？」

高橋の顔から、にやにや笑いが消えていた。

「うん」

立脇はうなずいた。

彼らは、この自分がでかいから、それだけのことで、声をかけたのだ。

それだけのことで、この自分をいためつけて、アピールしたいのだ。それを自慢したいのだ。

あのでかい立脇というのを、殴った。

言うことをきかせた。

そういうことで、ハクをつけたいのだ。

面倒だな……。

立脇の感想は、そういうものであった。

怖いとか、殴られるのはいやだとか、そういう感情はなかった。恐怖感は、ゼロといっていい。

まず、入学式からそれほど時間のたっていない時期に、目立つ奴をシメておこう——それだけの考えだ。

「スカした面《つら》してるんじゃねえよ」

高橋の口調と顔つきが、変化した。

「ホントは、怖いんだろ、立脇」

石井が声をかけてきた。

「ションベンちびりそうなんじゃないの」

村木だけが黙っている。

頭の上で、桜の若葉が揺れている。

「身体がでかい奴ほど、ノミの心臓だって言うからな」

高橋が足を踏み出す。

身長、一七五センチ。

中学一年にしては大きい方だ。

しかし、立脇の方が大きい。

「帰るよ」
立脇は言った。
そのまま背を向けようとした時——
「ばかたれ」
いきなり、左頬に、右のパンチを打ち込まれた。
打ってきたのは、高橋だ。
がつん、
と、頬に拳の衝撃があった。
「痛《つう》!」
声をあげたのは、高橋だった。
高橋は、左手で、右拳を押さえていた。
全力を込めたのはわかっている。
しかし、どうということのないパンチだった。
痛みは、ほぼない。
高橋の中手骨の一本が折れて、手の甲から、肉を破って突き出ている。
高橋の声は、それを眼で確認してからの方が大きくなった。

「ぐああっ」

膝を折って、しゃがみ込んだ。

「やったな」

石井が、前に出てきた。

何もやってない。

殴らせてやっただけだ。

「帰る」

そう言った立脇の股間を、石井がいきなり蹴ってきた。

身体をかがめて、右手で蹴ってきた左足の足首を摑んだ。

「な、な……」

石井は、右足でけんけんをしながら声をあげた。

立脇は、握った石井の左足を無造作に持ちあげて振った。

それだけで、石井の身体は宙に浮いて、三メートルは投げ飛ばされていた。

尻から地に落ちて、

「ぐっ」

石井はくぐもった声をあげた。

「立脇、ちょっと待て——」
ようやく、村木が口を開いた。
前へ出てきて、立脇の前に立った。
身長も、体重も、高橋と同じくらい。
しかし、何かやっているらしく、身ごなしが、高橋とも石井とも違っていた。
腰を落として、左足を前に出し、右足を後ろに引いた。
膝で、身体を上下に揺すりながら、前、後ろと、小刻みに体重移動を繰り返した。
空手だ。
しかし、立脇には、それが、空手なのか、キックボクシングなのかはわかっていない。
「シッ!」
という、歯の透き間から洩れるような声を吐き、村木が蹴ってきた。
左脚の腿に、衝撃があった。
強烈な下段蹴りだった。
が、痛みはわずかだった。
強い衝撃であるとはわかるが、だから、それでどうということはない。
よけられなかったが、よける必要もなかった。

続いて、腹を蹴られた。
前蹴りだ。
これまでのどれよりも強いインパクトがあったが、痛みはない。
どん、
と、腹を拳で打たれた。
次が顔だった。
右拳が、顔面に向かって飛んできた。
これは、見えた。
小さくおじぎをするようにして、額で受けた。
いやな音が聴こえた。
村木の右手の中指と人差し指、二本の中手骨が折れる音であった。
しかし、村木は、
「うっ」
と、小さく呻いただけであった。
さらに踏み込んできて、

「かああっ」

左手の人差し指で、立脇の眼を突いてきたのである。

「ふん」

立脇は、小さく呼気を吐いて、村木の腹を正面から蹴った。

かたちにもなっていない前蹴りであったが、腹の中心に入った。

村木の身体が後ろにふっ飛んだ。

ふっ飛んで、倒れた。

「ぬ⁉」

腹を押さえて、村木が起きあがってきた。

背を向けようとした立脇に、

「ま、待て……」

言ったその唇が尖り、

「ぐぼっ」

と、村木は、そこから胃の内容物を吐き出した。

そして、再び倒れた。

「うげげええ」

「おげげえ」

腹を押さえたまま、身体を〝く〟の字に折って、黄色い胃液を吐き出した。

やられた一瞬より、ほんのわずかに時間が過ぎてから、苦しさが襲ってくるものらしい。

「帰る――」

立脇は、背を向けて歩き出した。

振り返らなかった。

これが、後で問題になった。

三人の親が、子供の怪我のことで、学校に乗り込んできたのである。

これは、あっさりカタがついた。

実は、体育館の裏手で起こったこのできごとを、隠れて見ていた者がいたのである。

二年生の、女子生徒ふたりだった。

美術部の部員だった。

スケッチする場所を探して、体育館の裏手に足を運んで、このできごとを目撃したのだ。

それが、立脇に味方した。

当然ながら、教師たちに注意はされたものの、立脇がとがめられることはなかった。

これが無事にすんだのはよかったのだが、立脇にとって、困ったことになったのは、このことが、全校に知れわたってしまったことだ。

そして、他校にも——

この時から、立脇如水の伝説が始まったのである。

2

立脇如水が、柔道を始めたのは、中学二年の時である。それには、もちろん、きっかけがあった。

立脇如水——

中学一年の夏休みに入る頃には、同じ中学では、誰も立脇にちょっかいをかけてこなくなった。

立脇に手を出しても、誰も勝てない——そういうことになってしまったのだ。だから、誰も、わざわざ立脇に勝負を挑もうという人間が、いなくなったのである。

それに、立脇は、「番長」というポジションにもまったく興味がなかった。

一年の時、運動部からの、勧誘はあった。

「それだけ身長があるのなら、バスケ部に入らないか」

「きみは、バレーボールをやるために生まれた人間だよ」

そういう誘いは、みんな断わった。

相撲部や柔道部という、格闘技系の部は、立脇の通っている中学にはなかったし、もちろん空手部もなかった。

仮に、そういう部があったとしても、立脇は入らなかったろう。

立脇が入ったのは、美術部であった。

昔から、絵を描くことが好きだったのだ。

村木たちに体育館の裏に呼び出され、彼らにちょっかいをかけられた時に、それを見ていて、立脇に罪がないことを証明してくれたのも、美術部員の、二年生の女子生徒ふたりであった。それで、立脇は、美術部には好印象を持った。

美術部に入らない理由はなかったのだ。

最初は、木炭でデッサンをやった。

木炭紙に、木炭で、石膏像のデッサンをやるのである。

アグリッパ、ブルータス、ダビデなどの石膏像が、美術室には置いてある。いずれも、頭部だけのものか、胸像である。

それを、できるだけ正確に、木炭紙に描き写してゆくのである。

三角錐や、正六面体などの立体もあった。

そういうものを、正確にデッサンする作業は、楽しかった。

細部よりは、塊としての全体を写し、そこから、光と影を写してゆく。

描いていると、自然にその作業に集中して、他の一切のことが気にならなくなる。

描きながら、色とは何か、光と影とはどう違うのか、そんなことを考える。考えてもわからない。混乱する。

その混乱が楽しかった。

たとえば、アグリッパの左側から、窓の光が当っている。

立脇から見て、左側は、白だ。

右側が影になっているので、木炭でその影を表現する。

実際には、光の当っている場所も、光の当っていない場所も、石膏の同じ白だ。黒い色などどこにもない。

なのに、その白いはずの影の部分を木炭で黒く表現する。

それがそもそも不思議であった。

これは、厳密な意味では、デッサンではないのではないか。

自分の思考との対話ではないだろうか。

そんなことを考えながら、木炭紙に木炭をはしらせてゆく。

そういう時間が、立脇は好きであった。

「立脇くんて、上手」

「うまいじゃない」

そう言ってきたのは、先輩の女子部員である、勝野陽子《かつのようこ》と岩沢則子《いわざわのりこ》だった。

立脇がデッサンをしていると、このふたりが背後に立って、声をかけてくる。

体育館の裏であったことを、学校側に報告して、立脇を救ってくれたふたりだ。

そういうことも、立脇には好ましかった。

ただ、そういう人間たちばかりではない。

学校を裏で締めているグループがあって、そこの人間たちは、まだ、立脇をねらっていたのである。

そういう連中から呼び出しが何度かあったが、立脇は、それを無視していた。

ある時、帰りが遅くなった。

デッサンが、あとひと息で終りそうであったので、いつもより一時間ほど余計に作業をしてしまったのだ。

校舎を出た時は、あたりが薄暗くなりかけていた。

立脇の通っていた中学は、九州の鹿児島県にある。

錦江湾《きんこう》にそそぐ天降川《あもり》の下流域にある市立の天降川西中学だ。

五月の半ば――

関東あたりでは、もう夜といっていい暗さなのだが、鹿児島では、まだほどほどの明かりが空に残っている。

天降川を左に見ながら、土手の上を、下流に向かって歩いている。

西の空は、まだ夕焼けの色が残っている。

この土手の上を歩いてゆくのは、気持ちがいい。

ゆく手に、花が散って、もう葉桜になっている桜の古木がある。

その近くまで来た時、桜の幹の陰から、ぞろぞろと、三人の人間が出てきた。

三人とも、顔は見たことがある。

同じ天降川西中学の生徒たちだ。

ふたりは、同じ二年生だ。

一年生の顔も、ひとり交ざっている。

バットを持っている人間もいた。

全員が私服だった。

立脇だけが、学生服を着ている。

「おそかったなあ、立脇」

一年生の、市島《いちじま》が言った。

「でも、暗くなったんで、ちょうどいいかな」

立脇は、足を止めて、三人と向きあっている。

「高橋と村木と石井をシメたんだって？」

二年生の、高島満《たかしまみつる》が、わざと声を低めて言った。

バットを持っているのは、この高島だ。

しかし、立脇は、少しも怖さを感じなかった。

この人は、何でバットを持っているのか？

そんなことを考えている。

「何度も呼び出したのに、出てこないからよう、待ち伏せすることになったんだけどよう

——」

同じ二年生の、松本等《まつもとひとし》が、ズボンのポケットに両手を突っ込んだまま、前に出てきた。

「立脇よう、おまえによう、話があるんだよう……」

「話って？」

立脇が訊ねた。

「いや、話があるのは、おれじゃあないんだよう——」

松本が、後ろを振り返り、

「出てこいよ」

そう言った。

桜の幹の陰から、もうひとりが出てきた。

石井だった。

「こいつがよう、おとしまえをつけたいんだってよう……」

「おとしまえ?」

立脇が言うと、石井は、

「そ、そうだ」

怯えた顔で、前に出てきた。

「おとしまえって、何ですか?」

「おまえ、おとしまえ、知らないのか」

高島が言う。

「知りません」

「石井、教えてやれ」

高島に言われて、おずおずと前に出てきた。

顔を伏せていて、時おり、ちらりちらりと上眼づかいに、立脇を見つめてくる。

その眼に、いやな、尖った光が混ざっていた。

「くわあああっ！」

いきなり、石井が叫んで、前に出てきた。

がつん、

と、立脇の左頬に、何かがぶつかってきた。

がつん、

次が右頬だった。

おそろしく堅いものだ。

ごつん、

と、額にその堅いものが当った。

石井が、立脇の前で、はあはあと呼吸を荒くしている。

その両手に、石を握っていた。

河原から拾ってきたのであろう。

その石で殴られたのだ。

立脇の額から、つうっと赤いものが垂れてきた。

血であった。

口の中に、鉄の味がするものが溢れてきた。

それを、立脇は、

べっ、

と吐き出した。

血だ。

石で頬を殴られ、口の中が切れたのだ。

「どうよ」

松本が嗤った。

「これが、おとしまえですか」

「そうだよ」

「おとしまえが終ったんなら、帰ります」

立脇は、そう言って頭を下げ、歩き出そうとした。

四人は、言葉もない。

「待てよう、立脇よう」

松本が声をかけたのは、立脇が、四歩あるいてからだった。

松本の言葉を受けて、律儀にも、立脇は五歩目を踏み出す足を止めて、振り返った。

「何ですか」

左の拳の甲で、立脇は額をぬぐった。

もう、血は止まっていた。

右手は、カバンを提げている。

「石井がよう、まだすんじゃいないんだってよう」

石井は、立脇を見つめて、身体を細かく震わせている。

「ほら、いけよ」

松本が顎をしゃくると、

「た、たあらあっ！」

石井が、右手を振って、飛びかかってきた。

ぱん、
という音がした。

石を握った石井の右手を、立脇が、宙で石ごと左手で握り込んでいたのである。

「くわっ」

石井が、左手に握った石で殴りかかってくる。

その手から、石が落ちた。

「あわわっ！」

石井が、苦痛の声をあげた。

歯を食い縛った顔が、歪んでいる。

激痛に、身をよじっている。

左手で、自分の右手を握り込んでいる立脇の左手を叩こうとするのだが、それができないのである。

「い、痛いっ‼」

「やめろ、やめ、やめて……」

「あ、くうう……」

みしっ、
みきっ、
めちっ、
という音が聴こえてきた。

立脇の拳の中から聴こえてくる音だ。

その拳の中から、ぼろぼろと落ちてくるものがあった。

石井が握っているはずの、石の欠片《かけら》であった。

立脇が、その握力で、石井が握った石を砕いたのだ。

立脇が手をはなすと、石井の右手から、幾つもの破片になった石が、ばらばらと地に落ちた。

「お、おれの手、手が……」

石井が、膝を突いて、左手で自分の右手首を握っていた。

石井の右手の人差し指と中指が、変形して異様な角度で曲がっている。

「帰るよ」

立脇は言った。

「こらっ」

高島が、横から、バットを打ち下ろしてきた。

そのバットを、宙で、立脇が左手で摑む。

「くっ」

高島が、立脇の左手から、バットを引きはがそうと両手に力を込めるのだが、バットは動かない。
　立脇が、しゃがんで、右手に持ったカバンを土手の上に置いた。
　立脇が、軽く左手を動かすと、高島の手からバットが離れていた。
　立脇がバットを手で掴む。
　左手と右手にバットのヘッドと、中間のあたりを握って、
「むん……」
　ねじった。
　みりみりみり、
　ベキベキベキ、
　バットが、悲鳴のような音をあげた。
　立脇は、バットをねじ切って、二本にしてしまったのである。
　ごろん、
　がらん、
　と、立脇は、その手から、土手の上へバットを落とした。
　膝を曲げて、カバンを拾い、
「帰っていいですか？」

立脇は言った。

高島も、市島も、そして松本も、無言だった。

言葉を発することができないらしい。

石井は、低い声で呻くだけで、立脇を見もしなかった。

「それじゃ」

そして、立脇は、四人に背を向けて、歩き出したのである。

あたりには、すでに、夜の気配が濃厚に立ちこめていた。

3

翌日――

何事もなかった。

これには、ふたつの意味がある。

ひとつは、前日のことについて、学校側から何か言ってくると思っていたのだが、それがなかったということである。

これは、つまり、昨日やられた連中が、学校に報告しなかっただけでなく、家の者にも何も言わなかったということになる。

もうひとつ。

昨日の仕返しに、学校の帰りに、誰かが待ち伏せでもしているかと思ったのだが、それもなかったということだ。

拍子抜けしたが、何事もなくてよかったという思いの方が強い。

その〝何事〟かがあったのは、さらに翌日であった。

その日――

二日前と似たような時間に、同じコースで帰った。

天降川の土手を、歩いて家まで向かってゆく途中だった。

場所も同じ、土手の桜の樹があるところだった。

同じ場所に、自然にさしかかった。

その時――

桜の古木の幹の陰から、ふたりの男が出てきたのである。

ひとりは、高島だった。

忘れるわけはない。

まだ二日しかたっていない。

二日前——

バットで、高島は殴りかかってきた。

そのバットをねじ切ってやったのだ。

場所も、同じこの桜の古木が生えている土手の上だ。

姿を現わした高島は、卑屈そうな表情を浮かべていて、

「へへへ……」

笑ってみせたのである。

その高島の頭を、もうひとりの男が、拳で叩いた。

本気の打撃ではない。

全力を込めて殴っていないとは、見ていてわかったが、それでもかなりの力がこもっていた。

よく見れば、高島の顔が腫れている。

頰や、眼の周囲に痣があった。

殴られた跡だとすぐにわかる痣だ。

「かんべんしてくださいよ、江藤《えとう》さん……」

高島は言った。

江藤さん——

身体が大きかった。

立脇と同じくらい——身長が一八〇センチで、体重は九〇キロの立脇よりもありそうだった。

その身体の大きさから、立脇も、顔は知っていた。

しかし、名前が江藤であると知ったのは、この時だった。

「三年の、江藤三平《さんぺい》だよ」

その大きな男は言った。

ジーンズを穿いて、足には下駄を履いていた。

着ているのは、Tシャツに、Tシャツ一枚。

立脇は、普通の学生服だ。

「立脇くんだよね」

江藤は言った。

「ええ、そうですが……」

「すまなかった。こいつが、二日前、きみに迷惑をかけたっていうんでね。謝らせるために、連れてきたんだ」

江藤は、

「おい」

と言って、高島の脇腹を左肘で突いた。

高島は、前に出てきて、

「悪かったな」

そう言ってから、
ひひ、
と、おかしな声をあげて笑い、頭を下げた。

「そんな謝り方があるか」

江藤が、後ろから、高島の頭をはたく。

「すみません。申しわけありませんでした……」

高島が、また、頭を下げた。

「いいんです。そんな——気にしてませんから——」

立脇が言った。

立脇は、そのまま帰りたかったのだが、江藤がまだ用事のありそうな顔で見つめているので、動くことができなかった。

「立脇くん、きみ、力が強いんだって?」

「いいえ……」

「高島がバットで殴りかかった時、それを受けとめて、ねじ切っちゃったって——」

「そんな——」

嘘ですと言おうとしたのだが、江藤の言ったことは本当であった。

嘘だと言えば、嘘をつくことになる。

それで、少し躊躇したため、曖昧な返事になってしまったのだ。

早く、この場を立ち去りたかった。

「嘘だろうって思ってたんだけど、きみのその身体を見ていたら、本当のことだろうってわかるよ」

「本当のことじゃありません」

このくらいの否定ならば、なんとか口にできた。

その言葉は、江藤の耳には届かなかったらしい。

「立脇くん、柔道、やってみないか——」

ふいに、江藤が言った。

「え?」

一瞬、立脇は、江藤が何を言っているのかわからなかった。

「じ、柔道、ですか、あの……」

「柔道だよ」

江藤が言った。

「で、でも……」

「きみは、強くなるよ、立脇くん——」

江藤三平の言葉は、真っ直《ま す》ぐだ。

真っ直ぐで、確信に満ちた言葉であった。

「で、でも、うちの中学に、柔道部は……」

「ないよ」

「で、では、どこに……」

思わず立脇はそう言ってしまった。

それを口にしてしまってから、話がまずい方向に進んでいきそうになっていることに気がついた。

この流れは——

うちの中学には柔道部がない。

←だから柔道部には入らなかった。

←柔道部があったら入部していた。

このような結論に導かれてもしかたのないものだ。

どこに柔道部があるのか――

そう問うことで、その流れができあがってしまったのである。

これはまずい。

何か口にしなければ――

そう思っているところへ、

「町の道場だよ。玄心館《げんしんかん》」

江藤は言った。

「先生は、オリンピックにも出たことのある長谷川喜利雄《はせがわきりお》師範――」

「え――」

「いいぞ、柔道は――」

江藤は笑った。

惚れ惚れするような、いい笑顔だった。

「そうですか……」

柔道なんかやりません——

そうはっきり言うべきだと思いながら、ついつい、それを言いそびれている。

「この高島も、玄心館に通ってる。サボってばかりいるけどな」

そうですか——

と言いかけて、立脇はそれをやめた。

同じ返事を続けて口にするのは、相手の話を聞いていないのも同然ではないかと思ったからだ。

もうひとつ。

ここでうなずいたら、高島が〝サボってばかりいる〟ことを承認してしまうことになりそうだったからだ。

もしかしたら、江藤が冗談を口にした可能性もある。

それに、長谷川喜利雄という人物を、立脇は知らなかった。

知らないと正直に言うべきか、黙っていた方がよいのか、そういうこともわからない。

いきなり、江藤が、立脇の右の上腕を摑んできた。

バッグを持っている方の腕だ。

「いい筋肉じゃないか」

そうですか、とまた言いそうになってしまった。

「何か、運動でもやってたのかい」

「やってません」

「でも、これは自然につく筋肉じゃないな――」

「あ、アルバイトを……」

立脇は言った。

「アルバイト？」

「南日本輸送で――」

「仕事は？」

「トラックの助手のようなものです」

「へえ」

「荷物を積んで、それを……それを届ける仕事です」

立脇の言葉が、少しうわずっている。

「届ける？」

「工場だったり、民家だったり……」

「何を運んだんだい」

「大豆とか、セメントとか、引っ越しの荷物とか、色々です」

「それは凄い」

大豆もセメントも、ひと袋で四〇キロはある。時に、五〇キロ。

「おれもやったことがあるが、素人が担げるもんじゃないぞ——」

いずれも重い。

特にセメント袋は、掴むところがない分持ち難《にく》い。

どちらにしても、たいへんな作業だ。

いやでも、足、腰、肩、腕に筋肉がつく。

「何年くらいやってるんだ?」

「五年です」

五年と言えば、小学校四年からだ。

違法ではないのか?

江藤はそういう顔をしている。

「ち、父の仕事だったので……」

「お父さんの？」
しまった、と立脇は思う。
言わなくてもいいことをまた口にしてしまった。
父親の仕事だろうが何だろうが、小学生にそんな重いものを持たせて、よいのか？
個人でトラックを持っていて、それで、仕事を請け負う。
そういう仕事はあるが、しかし、小学生が――
「は、母がいなくて――」
立脇は、また、口にしてからしまったと思った。
小学校四年の時に、母親が病気で死んだのだ。
絵を描くことが好きな母親だった。
絵を描きたい、絵を描きたい……
病床では、いつもそんなことを口にしていた。
いつも、指先から油絵の具の匂いのする母親だった。
その母が死んだのである。
それで、父の立脇破山《はざん》は、考えた。
子供の如水をひとりにしておけないので、トラックの助手席に乗せたのだ。

仕事がない時には家にいるが、ある時には一緒にトラックで移動だ。

届け先が近ければ家に帰ることができるが、遠ければトラックで泊まることになる。

父の破山と一緒に、夜はトラックで眠る。

それが、立脇には楽しかった。

当然、学校は半分近くを休ませることになる。

学校側が、休みの多いのを心配してたずねてきて、それで、事が発覚してしまった。

当然、学校へゆくように指導された。

立脇は、父と一緒にトラックに乗っていたかったのだが、父の契約先の運送会社の社長が、間に入ってくれた。

会社の、もとは倉庫だった持ち家があるので、その家を破山に貸したのである。

父の仕事中は、社長の妻が、如水の食事の面倒をみてくれた。

それでも、如水は、週末や、春休み、夏休み、冬休みには、父と一緒にトラックに乗った。

小学校五年の時には、高校生と間違えられるほど、身体が大きくなった。

顔が幼い高校生——

それで——

時々、父親の仕事を手伝うようになったのである。

そういう時、父の破山は、

「バイト代だ」

そう言って、千五百円を、如水に手渡した。

それが、如水は嬉しかった。

しかし、そういうことまで、ここで口にするつもりはない。

「立脇くんのお父さんて？」

江藤が訊ねてきた。

「立脇破山です……」

また、うっかり父の名を口にしてしまった。

「立脇破山⁉」

「失礼します」

立脇は、頭を下げた。

「立脇破山て、あの、相撲の大破山《だいはざん》のことかい？」

自分は馬鹿だ。

如水はそう思った。

これまで内緒にしていたこと、一番知られたくなかったことを、江藤に知られてしまったのだ。

どうしたらいいのか。

違うと言うべきなのか。

言えば、嘘になる。

嘘はつきたくなかった。

嘘をついても、いずれはわかることだ。

そうだとうなずくか。

それもできなかった。

結局、言葉を発することができなかった。

黙っている——それは、そうであるとうなずいたに等しい。

「いや、いいんだ。無理に訊くつもりはないからね——」

ああ、これで、完全にばれてしまった。

しかも、気まで遣われてしまった。

この場から逃げたかった。

「そうです」

あわててうなずいてしまった。

馬鹿。

何を口にしているのだ。

「父は、相撲の大破山です……」

自分で口にしてしまった。

どんどんとりかえしがつかなくなってゆく。どうしたら、この場から逃げることができるのか。

4

強い父だった。

相撲で、大関までいったのだ。

大関までいって、五年前にやめたのだ。

喧嘩をしたのだ。

三〇歳で大関になったその年に、酒に酔って喧嘩をし、相手を半殺しにしてしまったのだ。

相手は、素人だった。

いや、もう少し正確に言うなら、相撲は素人だったが、暴力に関してはプロだった。わかり易く言うなら、その筋の人間——つまり相手はヤクザだったのである。

場所は、赤坂だったという。

タニマチと一緒だった。

赤坂の料亭で、タニマチの人間三人と、合わせて四人で飲み、食事をしていたのだ。

そうしたら、店の女将《おかみ》がやってきて、別の部屋のお客さんから、ちょっと顔を出してくれないかと、声をかけてくるように頼まれてしまったというのである。

そう言えば、さっき、トイレに行った時に、他の客とすれちがって、

「オヤカタ」

と、声をかけられたことを、如水の父、大破山は、女将の言葉で思い出したというのである。

これは、如水が、トラックの助手席にいる時に、父から聞かされた話だ。

ついでながら、その時のタニマチというのが、今、立脇破山が働いている運送会社の社長である。

だいたい、オヤカタ、と口にするだけで、相手が相撲については素人だとわかる。

大破山は、あくまで大関であって、親方ではない。

プロの将棋指しがいればつい「名人」と呼んでしまうのと同じで、強い将棋指しがみんな名人ではない。

将棋の世界では、名人というのは、そういう呼称のタイトルを持っている人間のことで、常に入れかわっている。将棋界に、名人というのは、常にひとりしかいないのだ。

タイトルを何期か防衛すれば、永世名人の称号を与えられて、複数人名人がいることもあるが、通常はひとりである。

「すみません。だめもとで声だけでもかけてきてくれと言われまして——」

女将は、申しわけなさそうに言った。

「とりあえず、声だけはかけておかなければということでうかがいましたが、断わっていただいても……」

女将の表情から、わけありの客とわかった。

声をかけるだけはかけたので、断わってくれてかまわない。断わってくれたら、それを向こうに伝えれば、それですむ。

そういうニュアンスの事態のようであった。

向こうが、有名人か、社会的にそこそこのポジションを持った人間であれば、女将もこういう顔はしない。

ちょっと顔を出して、酒を一杯受けて、あちらにも一杯注いで、場合によってはサインを一枚ほど書いてもどってくればそれですむ。

それが、それですまない相手のようであった。

そういう人種、あるいは職種の人間は、それほど数が多いわけではない。

そういう人間であったら、ちょっと顔を出すだけではすまなくなることがある。

顔を出したら、

「あの時のお礼で――」

ということで、飯を奢りたいからと、後日、呼ばれることがある。

それを断われば、相手の顔が潰れることになる。

そういう人種は面子《メンツ》で飯を食ってるところがあるので、ここは上手にやらないと、ごたつくことになる。だからといって、食事をしてしまうと、さらに深みにはまることになる。

何故なら、そういう時、常識では考えられないような、高い食事を奢られることになるからだ。

さらに、帰る時に、女をあてがわれたり、百万単位の金を渡されたりする。

これを断わるのが難しい。

皆のいる前で断われれば、やはり、顔を潰されることになるからだ。一度出した金を、向こうとしても、引っ込めるわけにはいかないからだ。

最初から、関わりを持たないのが一番いい。

そういうことを、女将はみんな承知している。

それで、断わってもらっていい、そういうことをわざわざ口にしたのである。

口実はいくらでもある。

そういう話をしているところへ、

「なんだい、まだかい」

顔を出したのが、大破山が、さっきトイレに立った時に会った男だった。

赤い顔をしている。

かなり酒が入っているらしい。

「ちょっと、すみません、こちらは――」

と、男が入ってこようとするのを、女将が軽くたしなめた。

男は、女将の身体を右手の甲で横へのけ、

「オヤカタ、頼みますよ。うちの席に顔を出してもらえませんか――」

片足と顔を部屋の中へ入れてきた。

タニマチが、何か言おうとするのを遮って、

「いいっスよ」

大破山が立ちあがった。

「ちょっと、ご挨拶だけしてきます」

「さすが、オヤカタ、話がわかる」

男は、背を押すようにして、大破山を向こうの部屋へ連れていった。

連れてゆかれた部屋には、ふたりの男と、どこかの、おそらくは銀座のクラブから連れてきたらしい、ふたりの女がいた。

「オヤカタをお呼びしてきました」

大破山を連れてきた男が言う。

すると、床の間を背に座していた男が、立ちあがって、

「いや、嬉しいねえ。天下の大破山が足を運んでくれたよ」

どうぞ、この席へ、と、それまで自分がいた場所へ座るよううながした。

しかし、そうですかと、床の間を背にして座るわけにはいかない。

そんな席へ座ったら、すぐには帰れなくなる。

「いえ、わたしはここで——」

襖《ふすま》を開けて、一歩入ったその場所に、膝を突いた。

「ま、ま、そうおっしゃらずに、ここへ――」

立ちあがった男は、もう、別の場所へ腰を下ろしている。

ふたりの女が立ちあがって、大破山の手を左右から握って立たせ、無理やり床の間を背にする席へ引っ張っていった。

こうなってしまっては、大破山もその席につく以外なくなってしまった。

しかたなく、そこで、二杯、三杯と酒を飲んだ。

帰ろうとするタイミングを計っていると、

「それでは足らんでしょう」

男が、ワインクーラーに入れていた、白ワイン、モンラッシェを抜きとって、

「ラフロイグを――」

スコッチウィスキーを注文した。

女将が、ラフロイグの三〇年ものを持って部屋にやってきて、

「あちらで淋しがってますので、そろそろ――」

言いながら、ボトルを置いていった。

「おお、そうだった。そうだった――」

男は、ワインクーラーの水を、床の間の水盤にあけた。

「それなら、これを飲んでからだ」

ラフロイグの口を開け、まだ氷の残っているワインクーラーに、中身をどぼどぼとみんな入れてしまった。

「さあ、それをいっき飲みだ」

これで帰ることができる――

大破山は、そう思って、ワインクーラーを両手で抱え、持ちあげ、口をつけ、ごくりごくりと、ひと息で全部飲んでしまった。

ワインクーラーを置き、口をぬぐい、

「ごっつぁんでした」

頭を下げて、立ちあがろうとした。

そこへ――

「もう一杯」

声がかかった。

「いや、凄い。まだ足らないようだから、もう一杯いこう」

そんなことを言い出した。

「オヤカタ、おれの一生の語りぐさにするから、ぜひ、もう一杯。今の飲みっぷりじゃあ、まだいけるでしょう」

女将、もう一本──

ラフロイグの三〇年ものを、また注文した。

スモーキーな、高いウィスキーである。

「ご冗談がすぎますよ、先生。もう大破山関も、お足もとが……」

助け船を出したつもりの、女将のこのひと言が、大破山に火を点けてしまったのである。

「平気です。足もとはふらついていません」

大破山は、そう言った。

「そうそう。このくらいでオヤカタが足もとをふらつかせるわけはないでしょう」

「だいじょうぶです」

結局、ラフロイグがもう一本出てきた。

それを、大破山は、またもや一本まるまるひと息で飲んでしまったのである。

ふう、

と、ワインクーラーを置くと、

「もう一本、いけるって顔だよ」

挑発的な表情で、大破山に席を譲った男が言った。

ここで、大破山が、少なからずムカッとしたのは、挑発された、と思ったからであった。

もともと負けず嫌いだった。

負けてたまるか――

そう思ったのは、もちろん、すでに体内を駆けめぐっている酒に原因があった。

そして、さらにもう一本を、やはりひと息で飲んでしまったのである。

すでに、アルコールが回っている状態のところへ、ウィスキーのボトル三本をいっき飲みしたことになる。

大破山――

身長一九〇センチ。

体重一七五キロの巨体である。

それでも、これはかなりの量であった。

この酒で、大破山はしくじったのである。

「ごっつぁんでした」

そう言って、大破山は立ちあがろうとした。

が――

すぐには立てなかった。

足もとがふらつきそうだったのだ。

周囲の風景が回っている。

そこへ――

女将がやってきた。

「あちらのお席が、そろそろお開きのようで……」

そう声をかけてきた。

もとの席がお開きになる、だから大破山をかえしてやってくれ――そういう意味のことであった。

それが、裏目に出た。

「お開きなら、それでいいじゃないか。こちらの席にいてもらえばいい」

大破山に席を譲った男が無理を言い出したのである。

理屈が通っているようで通っていない。

「女将、オヤカタは、こちらで預かるからと、あちらに言ってこい」

言い出した男も、すでに酔っている。

思いつきで口にしてしまったものの、言い出した以上はその理屈を通そうとした。

「ごっつぁんでした。もどらせていただきます」

大破山が立ちあがろうとする。

「まあまあ――」

と、大破山をここへ引っ張ってきた男が立ちあがり、

「オヤカタ、もう一杯」

と手を伸ばしてきた。

その手が、立ちあがったばかりの大破山の右手の袖を握った。

さすがに、大破山も、このしつこい客たちにイラついている。

軽く右手を払って、左足を一歩踏み出した。

その時に、小さくよろめいて、踏み出した左足が、さらにもう一歩先へ動いてしまった。

大破山――身長一九〇センチ、体重一七五キロである。

この巨体の右手が軽く振られ、しかも、その体重がその右手に乗ったら、右袖を握っていた男がバランスを崩すのはあたりまえであった。

しかも、男は、大破山の袖を強く握っていたのである。

重心を崩されて、ひとたまりもなく、男は、酒や肴《さかな》の用意された卓の上に横倒しになってしまった。

酒をこぼし、皿を割り、料理を引っくり返し、男は立ちあがった。

「おお、これは、すまんです」

大破山は、恐縮した顔を作って、そう言った。

わざと作ったその〝恐縮した顔〟が、笑っているように見えたのは、不運というしかない。

「こらあ、素人投げとばして、どの面さらしとるんじゃあっ！」

男の声のトーンが、いっきにあがっていた。

その手に、ビール瓶が握られていた。

「いや、申しわけ……」

そこまで言いかけた大破山の頭に、いきなりビール瓶が叩きつけられた。

ビール瓶が、砕けて散った。

その席にいたふたりの女が、高い悲鳴をあげた。

大破山の髪の中から、つうっと額に赤い筋が流れ出てきた。

血であった。

その血の筋が、どんどん太くなる。

大破山は、痛みも何も感じてはいない。

ただ、頭にむず痒さを感じて、分厚い右手で、つるりと顔を撫でた。

顔と右手が、真っ赤になった。

大破山の、愛敬のある眼が、すうっと細くなった。

「ないしちょるんかあ‼」

叫んでいた。

覚えているのはそこまでだった。

そこから先は、覚えていなかった。

気がついたら、その席にいた男ふたりが、血の泡を吹いてそこにぶっ倒れ、大破山の背からは、一本のナイフと匕首《あいくち》が生えていたのである。

もちろん、警察が飛んできた。

当然マスコミの知るところとなり、事件現場の写真が、どういうわけか週刊誌に載った。

大破山の身体から刃物が生えている、とんでもない写真だ。

店にいた、客の誰かが撮ったものらしい。

ここに至っては、どちらがいい、どちらが悪いという理屈でおさまる話ではない。

結局、大関になったまま、その土俵を踏むことなく、大破山は角界を去ることになったのである。

相手は、その筋の人間であった。しかも、刃物を使ってしまったとあっては、ただ、素人が酒の席で、相撲取りにやられたというだけの被害者というわけにもいかない。

うやむやになった。

被害届は、やられた方からも、大破山からも、店からも出なかった。

ただ、大破山が相撲をやめた——それだけの事件として収束した。

それで、大破山は、故郷である九州へ帰り、そこで、仕事を始めたのである。

それが、その時現場にいたタニマチの経営している運送会社であった。

そういういきさつがあったのである。

立脇破山。

それが、立脇如水の父、大破山の本名である。

本名を知らなくても、鹿児島の人間であれば、たいていは大破山の名前と、五年前の事件のことは知っている。

もちろん、江藤三平も、それを知っていたのである。

5

江藤三平が困っている——

立脇如水は、それがわかっていた。

初対面の人間に、言いたくないことを無理に言わせてしまった、そう思っているに違いない。

そんなことはない。

父のことは、自分から勝手に言ってしまったのだ。

言いたくないことではあるが、江藤に無理に言わせられたのではない。それはよくわかっている。

立脇も、困っていた。

正確に言うなら、自分が父のことを口にしてしまったことよりも、江藤が〝自分に対して口にしたくないことを無理に言わせてしまったと思って困っている〟ことに対して困っているのである。

どうしたらよいのか。

江藤を困らせないためには、どうすれば――

「げ、玄心館ですか?」

立脇は、自分から、その名を口にした。

この場に流れている気まずい沈黙が怖かったからだ。

「そうだよ」

江藤が、ほっとしたようにうなずく。

「こ、今度、顔を出してみます」

立脇は、思わずそう口にしていた。

「それじゃ」

ぺこりと頭を下げた。

江藤の返事を待たずに、背を向けて歩き出していた。

6

立脇が、玄心館に足を運んだのは、夏休みに入って、最初の日曜日であった。

いつ行こうか、そのことが、ずっと気になっていたのだが、結局、夏休みになってから、決心したのである。

ついつい、相手の気に入ることを、あの時口にしてしまった。

そんな自分が、立脇はいやだった。

どうして、自分はそうなんだろう。

放っておいてもらいたいのに——

ただ、口にしてしまった以上は、約束は守らねばならない。

いつか行かねばと、ずっと思っているよりは、できるだけ早く行った方がいい。

その方が楽だからだ。

そう思いながら、ここまで日をのばしてしまったのだ。

江藤が、いてもいなくてもいい。

いや、いない方がいい。

いなければ、顔だけ出して、名前を告げて帰ってくればすむ。自分が顔を出した、約束を守ったということが、相手に伝わればそれでいいのだ。

それが日曜日になったのは、平日は、父親の——立脇破山の運転するトラックに乗っているからだ。

昼飯を済ませた後、

「ちょっと、出かけてくる」

そう言って、立脇は、家にしている元倉庫を出た。

半ズボンに、Tシャツだ。

スニーカーを履いていた。

バスに乗らずに、歩いた。

三〇分かかった。

街の中の、公園脇にある公民館のような建物だった。

柔道の道場だというから、もっといかめしいところかと思っていたのだが、そうではなかった。

玄関の上に、木の板が掛けられていて、そこに「玄心館」と筆で書かれている。

来てはみたが、玄関から中へ入れない。

どうしたらいいのか。

誰に声をかけたらいいのか。

勝手に中に入ってしまっていいのか。

建物の中からは、男たちの掛け声と、人の肉体が畳を打つ音が響いてくる。

このまま、帰ってしまおうか——

そんなことを考えていると、

「立脇じゃないか」

声をかけられた。

振り向くと、高島が立っていた。

半ズボンにTシャツ、サンダル履きだ。

左肩からスポーツバッグをぶら下げている。

「本当に来たのか」

困ったような、喜んでいるような、不思議な表情で笑った。

「来いよ」

高島は、立脇の肩を押して、勝手に玄関の中に入っていった。

立脇も、つられて中に入っていた。

むっとするような、男の汗の臭いが鼻をついた。

どこか、饐《す》えたような、甘いような臭い。

妙になつかしささえ感じるような臭いだった。

眼の前で、十数人の男たちが、それぞれに組んで、技をかけあっていた。

投げられて、背から畳の上に落ちる者もいれば、寝技でもつれあっている者たちもいる。

隅で、ストレッチをしている者もいた。
「そのへんに座って、見てればいい」
高島はそう言って、
「押忍《オス》」
奥にある神棚に向かって一礼し、横手のドアの中に姿を消した。
立脇は、適当な壁際に、座った。
自然に正座をしてしまった。
畳の上だ。
当然、座蒲団などはない。
見ていると、どさりと目の前の畳の上に、落ちてきたものがあった。
白い帯に巻かれた柔道着だった。
「それを着ろよ」
高島が言った。
高島は、もう、柔道着姿になっている。
これを?
いや、自分は見に来ただけだ、練習に来たわけじゃない——そう言おうとした。

それに、柔道着に着がえるといっても、どこで着がえればいいのか。

「ここでいい。Tシャツと半ズボンを脱いで、それを着ればいいんだ」

「でも……」

「いいから」

脱がされた。

着せられた。

帯は、高島が締めてくれた。

ぼろぼろの柔道着だったが、立脇の身体の大きさになじんだ。

着ていたもの——といっても、Tシャツと半ズボンだったが、それを畳んで、壁際に置いた。

「今は、自由練習中なんだ。稽古は、二時からだ——」

道場の壁にかかった時計を見ると、まだ一時半だった。

「じゃ、やるか」

高島が言った。

え？

やる？

「やろうぜ、立脇」

高島の右手が、立脇の左の襟を摑んできた。

「ちゃあああっ！」

いきなり、高島が、立脇の足を払ってきた。

動かなかった。

柔道のことなど何も知らない立脇が、いきなり高島が仕掛けてきた技を凌いだのである。

足払いだ。

いきなりではない。

高島は、ちゃんと誘っている。

立脇の動きを誘導したのだ。

袖と襟を摑み、いったん自分の方へ引いてから、立脇がそれをこらえようとしたのを、右の爪先で、立脇の左の足首を引っ掛けるようにして払ったのだ。

足払いといっても、決まったかたちがあるわけではない。

極端なことを言えば、足を払う技は、みんな、足払いといっていい。

色々な入り方があるし、相手が押してきた時にやるやり方や、引く時に仕掛ける足払いもある。

こちらから相手の動きを誘導することもある。

その崩し方、タイミングも人それぞれで、使う人間の数だけ、いや、それ以上の数、足払いはあることになる。

今のやり方は、高島のもっとも得意とする入り方であった。

それが、かからない。

「ちい」

「ちい」

「ちい」

と自ら動いて、

「しゃあっ」

背負う。

しかし、動かない。

畳の上に、根をはやしたように、立脇如水はびくともしなかった。

立脇如水は、最初から動こうとしないのではない。

高島の動きに合わせて、こらえたり、逃げたり、多少は動くのだ。

しかし、高島が技をかけようとしたその瞬間、巨岩のように動かなくなるのである。

たちまち、高島の呼吸があがってしまった。

高島の腹づもりとしては、柔道には素人の立脇を、今のうちにいやというほど投げて、自分が優位に立とうとしたのであろう。

それが、うまくいかなかったのだ。

しかし、立脇は凌ぐだけで、自分からは何か仕掛けようとはしなかった。

もちろん、体格差はある。

立脇の方が、大きいし、重い。

それでも、柔道は素人である。

それが、動かないのだ。

「おい、立脇、おまえ、何か仕掛けて来いよ——」

高島は言った。

相手が、何かやってきてくれた方が、技をかけやすいのだ。

「どうすればいいですか」

「好きなようにやってみろよ」

高島が言うと、

「じゃあ」

立脇は言った。

その次の瞬間、高島の身体が、いきなり宙に浮いた。

立脇が、高島の身体に手を回して、持ちあげたのだ。

いったん持ちあげられたら、相手にはなす術《すべ》がない。

どんな技でもかけられる。

抱きつき、帯を両手で握り、立脇は高島の身体を持ちあげ、無造作に投げ捨てた。

柔道の技と言えるような技ではなかった。

そこへ——

「おう、来たな」

そう声をかけてきたのが、先日出会った三年生の江藤三平だった。

「乱取りをしてたのか?」

江藤が訊ねてきた。

「いえ、まあ……」

高島が、言葉を濁した。

知りあいとはいえ、道場にやってきた初日に、ストレッチもさせず、受け身も教えず、いきなり乱取りをしていたとは、言えなかったのだ。

「いいぞ、柔道は――」

江藤は、深く追及をせずに、立脇の身体を、ぽん、と叩いた。

その時、道場の雰囲気が、がらりと一変した。

大きな男が入ってきた。

身長が、一九〇センチ。

体重が一〇〇キロはありそうな男だった。

「長谷川先生だ」

江藤が言った。

この道場で教えている長谷川喜利雄だった。

立脇は、その顔と冷蔵庫のような特徴ある身体つきは覚えている。

前回のオリンピックで、重量級で出場した柔道家だった。その時の試合を、テレビで見て覚えていたのである。名前をど忘れしていただけだ。

江藤が、さっそく、長谷川に駆け寄って、声をかけた。

長谷川が、こっちを向いた。

その長谷川に向かって、江藤がしきりと何かを話している。

長谷川が、にこやかに笑いながら、こっちに向かって歩いてきた。

「大破山関の息子さんだって？」

声をかけられた。

「お父さんの相撲は、凄かったなあ。ぶちかましてからの寄りと突っ張りで、大関まで務めたんだからなあ――」

父親のことを褒められて、嬉しかったが、びっくりしたのは、長谷川が、分厚い右手で立脇の肩を叩いてきたことだ。

「いいぞ、柔道は――」

江藤と同じことを言った。

「一緒にがんばろう」

何か、誤解がある。

立脇はそう思った。

江藤が長谷川に何と言ったのかは知らないが、自分は、今日、断わるためにやってきたのだ。

まだ、柔道をやるとは、ひと言も口にしていないのだ。

柔道着を着ていたので、すっかり入門するものだと誤解されたようだ。

長谷川に、何か言おうとしたのだが、うまい言葉が見つからない。

「さあ、始めるぞ」

長谷川が、皆に声をかけていた。

前に出てゆき、神棚に向かって正座をした。

皆が、それぞれに、長谷川の背を見るかたちで畳の上に正座をした。

江藤にうながされて、立脇もその場にあわてて正座をした。

「礼！」

長谷川が、畳に両手をつき、神棚に向かって頭を下げた。

全員が、頭を下げる。

立脇も、それにならって頭を下げた。

そこで、全員そろっての柔軟体操——ストレッチになった。

「やろう」

立脇は、江藤から声をかけられ、ペアを組んだ。

これは、各自が好きなようにやる形式らしい。

江藤が、立脇に、何をどうやればどの筋が伸びるか、この時、どう力を入れれば関節が柔らかくなるか、教えてくれた。

畳に尻をつけ、両脚を開いて伸ばし、上半身を前に倒す。

この時、背を押してくれたのも江藤だった。

「お、思ったより身体が柔らかいな」

江藤は言った。

両脚を開いたかたちで、上体を前に折ると、立脇の顎は、畳についたのだ。

その後は、自分の体重を使った、筋トレだった。

腕立て伏せや、スクワット、ペアでやる筋トレもあった。

その後が、受け身の稽古だった。

これも、江藤がつきっきりで教えてくれた。

汗を掻いて、二時間。

乱取りこそしなかったものの、組み方、袖や襟の掴み方、背負いなどのかたちを教えられた。

ほとんど、何も考えずに、夢中で身体を動かしていた。

終った時は、妙に気持ちがよかった。

「どうだ、気持ちいいだろう」

江藤に言われて、

「はい」

と立脇は答えていた。

そして、気がついたら、玄心館に通うようになってしまったのである。

色々覚えて、週に一日行っていたのが、すぐに週に三日になり、週に四日になり、時間がある時には道場に足を運ぶようになってしまった。

不思議だったのは、立脇が、誰にも投げられなかったことだ。

形の練習のため、受け身を覚えるために投げられることはあっても、乱取りになると、一度も投げられなかった。

身体が大きいためばかりでないのは、同じくらいの体格で、何年も前から柔道をやっている江藤にも投げられなかったからだ。

寝技で関節を極《き》められることはあっても、立っての乱取りでは、一度も、一本というかたちで投げられることはなかったのである。

それが、妙な情報となって、道場内に広まった。

昔から柔道をやっている古株の者と乱取りをしても、投げられなかった。

巨木を相手にしているようなものだと、江藤からは言われた。

大きな樹が、山の中に生えている。

その樹に組みついて、投げ飛ばすことができるか。

できない。

立脇と組むと、そういう感覚になるというのである。

その噂が、長谷川にも届き、夏休みが終る頃、

「ちょっと組もうか」

長谷川から声をかけられた。

立脇の身長は、夏休みの間も伸びたが、長谷川は、立脇よりも、大きく、重かった。

その長谷川が、やはり、立脇を投げることができなかったのだ。

長谷川は、立脇を引き込んで寝技に持ち込み、腕拉《うでひし》ぎに極《き》めたが、一本というかたちで立脇を投げることはできなかった。

「何か、やってたのかい」

長谷川から訊かれた。

「いいえ、何もやっていません」

本当のことであった。

しかし、やっていないというのは、厳密に言えば、嘘だった。

子供の頃から、実は、父の大破山と相撲を取っていたのだ。

「おい、いっちょうやろう」

そう言われて、小学生の頃から、父にぶつかっていたのだ。

もちろん、勝てなかった。

父が引退してからは、一緒に過ごすことが多くなり、トラックにも一緒に乗った。

そういう日々、時間があくと、

「四股《しこ》はこうやって踏むんだ」

「テッポウの打ち方はこうだ」

腰の入れ方、力の入れ方を教えられていたのである。

正式に、学んだ、やった、というのではない。遊びだ。しかし、相手はあの大破山である。

相撲には、寝技はない。

投げられたら、それで終りだ。

それを、ことあるごとに、父からたたき込まれた。

それで、投げられない足腰になったのではないか。

ともあれ、高校に入ってから、正式に柔道部に入り、玄心館の道場生にもなったのである。

そして、高校三年の時に、あの漢《おとこ》、松尾象山と出会ったのである。

十八歳の春だった。

場所は、鹿児島の錦江湾であった。

道場の仲間と居酒屋で飲んでいた時だ。

立脇は、まだ未成年であったので、飲んでいたのはコーラだった。

その時、隣のテーブルで飲んでいた、空手をやる連中と、互いに柔道をやっている人間であり、空手をやっている人間であるということが、聞こえてくる会話でわかり、自然に論争となった。

「空手が強い」

「柔道が強い」

そう言いあっているうちに、

「表へ出ろ」

ということになった。

自分たちの飲み代をそれぞれ払って、外へ出た。

すぐ近くが錦江湾だったので、そのまま海岸に出た。

もちろん、その場に長谷川はいなかった。

砂浜でも、論争になった。

いつの間にか、仲間の姿が二人消えていた。

どうやら、海に向かって歩いているうちに、逃げてしまったらしい。

相手は三人、立脇はひとりだった。

相手は酔っていて、立脇は酔ってはいない。

一対三だが、立脇は怖くなかった。

本当に、空手よりも柔道の方が強いと思っていたからである。

問われたら、正直に言うしかない。

十八歳の立脇は、愚直なほど正直に答えた。

「空手は、倒されたらそれでおしまいです。何もできません」

「それは倒されたらの話だろう」

「必ず倒れます」

それで、闘いになったのだ。

その時姿を現わしたのが、松尾象山だった。

松尾象山が突然現われて、その場をしきり出して、一対三でいっぺんにやるのではなく、ひとりずつと闘うことになったのだ。

そして、立脇は、その三人を倒したのだ。

次に、松尾象山と、いきがかり上、試合うことになり、松尾象山の太いパンチ一発で、立脇如水は、沈んだのである。

それで、大学に入る時に、そのまま東京に出て、北辰館に入門してしまったのである

（『餓狼伝Ⅸ』より）。

四章　因縁の拳

1

立脇如水は、青コーナーに立って、静かに赤コーナーを見つめている。

前の試合の余韻が、リングのどこかに、まだ微かに残っている。

姫川勉と、マカコの闘いが置いていったものだ。

そんなものは、ゴングが鳴って、自分が軽くひと足踏み出すだけで、たちまちどこかに消し飛んでしまう。

それほどわずかなものだ。

今日、この日、この試合が組まれたことを、立脇は天の恵みだと思っている。

赤コーナーに立っている漢《おとこ》は、尖った視線をこちらに送ってよこしているが、その視線を立脇はただ陽差しのように受けている。

葵文吾。

昨年、自分が負けた相手だ。

マウントをとられて、顔をぼこぼこに殴られて、敗れた。

その後、葵文吾は、梅川丈次と闘って、左耳をちぎられたのだ。

正確に言えば、先に耳に攻撃を仕掛けたのは、文吾の方だ。梅川の耳の穴に、おもいきり指を突っ込んだのだ。

それで、梅川は耳から出血をした。

梅川が、文吾の耳をちぎったのは、そのお返しだ。しかし、ちぎったのは半分だ。残りは、狂乱した文吾が自らの手でひきちぎったのだ。

それで、試合はノーコンテストになった。

葵《あおい》流、葵左門《さもん》の息子だ。獰猛な男だ。

その父を、殺してのけた漢だ。

自分は、父に可愛がられた。

相撲を教えられた。

父は、元大関の大破山である。

文吾が左門を殺したというのも、様々な事情があってのことであろうが、自分と父とはそういう関係ではない。

前回、文吾に負けた時には、父を殺した文吾と父に愛された自分との差が出たのかと思った。

父を殺さねば、強くなれないのか。

そんなことも思った。

そんなことはない。

今は、はっきりとそう言える。

文吾にしても、歪んだかたちで父親から愛されていたのかもしれない。文吾も左門を愛していたのかもしれない。それでも、どうしようもなく、闘わねばならぬ時が、人にはある。それがわかる。

師である松尾象山のおかげだ。

あの時、負けた後、自分は、控室でどうしていいかわからずにいた。

全日本の大会で優勝した時、これで、並んだと思った。

北辰館の先輩である、河間《かわま》一《はじめ》、奥村《おくむら》栄《さかえ》、立花《たちばな》文時《ふみとき》、如月《きさらぎ》九平《きゅうへい》——この四人に。

北辰館のベストフォーといっていい四人だ。

いずれも、世界大会の優勝候補である。

彼らは、世界大会に照準を合わせているため、その年の全日本には出場しなかったのだ。

その四人に並んだと思った。

別格として、姫川勉と堤《つつみ》城平《じょうへい》がいた。

姫川は、全日本であれ、世界大会であれ、トーナメントに出場したことがない。

姫川が北辰館に入門した目的は、松尾象山と闘い、勝つためだったという噂を耳にしたことがある。

だから、松尾象山が出場しない以上、トーナメントには出場しないのだ。

堤城平は、身体が小さすぎた。

ワンマッチ——一試合だけならその強さは無類だが、どの試合でも最初から全力疾走をする。

そのため、トーナメントの決勝にたどりつく頃には、身体がぼろぼろになって、スタミナもなくしている。

なにしろ、出場者が一二八人——二日で七試合に勝利せねば優勝できないのだ。

堤城平とは、決勝で闘ったことがあるが、おそるべき相手であった。

結局判定で勝って自分が優勝したのだが、初戦で当っていたら、どうなっていたかはわからない。

いずれにしても、姫川と堤をのぞいたら、北辰館の日本人には、四人の猛者《もさ》がいる。

それが、河間一、奥村栄、立花文時、如月九平の四人である。

その四人に並んだと思ったのだ。

まだ、闘ったことのない四人だ。

十代の頃、負けたことがなかった。

それで、最初に負けたのが、松尾象山であった。

以来、試合で負けたことは一度もない。

それが、葵文吾に負けたのだ。

その葵文吾に勝ったのが、丹波文七だ。

姫川勉との試合前、控室で、文吾に襲われたのだ。

その文吾を、丹波文七がぶちのめした。

さらに言えば、その丹波に勝ったのが姫川勉だ。

丹波は、リングで、小便を洩らし、脱糞した。

もっとも、丹波は姫川との試合直前、葵文吾とやりあって、体力を消耗している。

それで、試合自体は、ノーコンテストになったが、丹波は自分が負けたと思っていることだろう。

理由は、どうでもいい。

負けは負けだ。

もちろん、丹波はその試合について、みっともない言いわけはしなかった。

それでいい。

丹波は、復活して、この前、カイザー武藤に勝利した。

ひと皮むけた。

丹波は、姫川にやられて、リングで糞をして、そして、さらに強くなった。

次は自分だと思っていた時に、この試合が組まれたのだ。

「負けたら、死ぬ方が楽だよなあ」

葵文吾に敗れたあと、松尾象山に、控室でそう言われた。

「荒れるんじゃねえぞ」

その太い声が、今も、耳の奥に残っている。

「今、おめえが腹の中に思っていること、考えていること、そいつを一生忘れるんじゃねえぞ。それを一生忘れねえことが、てめえを強くする」

その松尾象山の声が、心の奥、肉の底にまで響いてきた。

「よかったなあ、立脇よう」

松尾象山のその言葉を、自分は涙を流しながら聞いた。

「まだまだ、やらにゃあならねえことが、いっぺえあるってことだ。おめえさんは、まだ強くなることができるんだ、いいなあ——」

あの言葉があったからこそ、自分は、今、この場所に立つことができたのだ。

文吾は、丹波にやられてから、ずっと姿を消していた。

それを、東洋プロレスの川辺が捜し出して、このリングにあげたのだ。

どこで何をしていたのかはわからないが、自分の心配は、おまえが技を錆びつかせてしまったのではないかということだ。

あの頃より、強くなっていて欲しい。

それが、おれが強く願っていることだ。

ゴングが鳴った。

2

やけに静かにこっちを眺めてるじゃないか、立脇——

葵文吾は、立脇如水の視線を受けながら、そう考えている。

そういう眼をするやつは、自分に自信がある奴だ。

そのくらいはわかる。

一度、負けているのに、そういう眼つきができるってことは、もしかして、おれのことを心配しているのかい。

心配はいらん。

左耳は、きちんとくっついた。

ただ、まだ、少々つきが弱い。

耳ってもんは、見た目よりはずっと強くできていて、指で引っ張ったからといって、簡単にちぎれるもんじゃない。しかし、おまえがちぎるつもりなら、楽にちぎれるだろう。

でも、おまえは、わざとそんなことはしないよな。

藤巻十三《ふじまきじゅうぞう》の奴が、おまえにわざと腕を折らせたとわかった時、あっさりおまえは試合をするのを放棄したよな。

そういうおまえは、嫌いじゃない。

もしも、おまえがおれのことを心配しているのなら、その心配はいらんよ。

ほら、この身体を見ればわかるだろう。

少し、痩せたんだ。

五キロ、体重が減ったんだ。

筋肉が落ちたんじゃないのは、わかるよな。

前より、筋肉のエッジが立っているだろう。

この筋肉の上に、以前は薄く脂肪を被せていたんだ。

多少の脂肪を被っていた方が、打撃を軽減できるし、筋肉を動かすためのエネルギーになるからな。

その脂肪が、剝がれたんだ。

稽古をしていたら、自然に剝がれたんだよ。

でも、筋肉の量は、前よりも増えたんだ。

言っておくが、前よりパワーアップをしている。

前より疾《はや》い。

今のおれは、おまえとやった頃のおれを相手にしたら、三分でカタをつけることができる。

会場を見てくれ。

東側の真ん中あたりに、ひとりいるよな。

泉宗一郎が。

今、おれのセコンドについているのは、飛丸と密丸だ。

このふたりは、奈良の泉宗一郎のところで、竹宮流を学んでいたのさ。

昔だったら、考えられないことだろう？

葵流が、竹宮流を学んでいるんだ。

まあ、それもいいだろう。

泉宗一郎だって、葵流の技術を盗めるんだからな。

五分と五分だ。

でも、おれは、泉宗一郎のところへは行かなかったよ。

おれにはおれのやり方があるからね。

おまえさんだって、あの時のおまえさんじゃない。

それはわかるさ。

おまえさんの身体を見ればね。

空手着を脱いで、上半身は裸。

いい身体じゃないか。

闘う者の身体は、そうでなくちゃあな。

柔らかそうな、いい筋肉だ。

スタミナのありそうな肉だとわかるよ。

おまえとやって、勝ったら、次は丹波だ。

丹波には借りがあるからな。

それを、返さなくちゃあいけない。

おまえが、おれについて思っているようなことを、おれは丹波について思っているんだよ。

次は丹波――

それが、この試合を受けた条件だよ。

ああ――

悪かったな。

これからベッドインて時に、別の女のことなんか考えていたら、失礼だよな。

これからおれは、前より強くなったおまえを、全力で潰す。

その後、もう、二度とおれの前に立ちたくないと思うくらいにな。

おれが、これまで何をしてきたか、それは、すぐにわかるよ。

ゴングが鳴ったら、それを、おまえの身体に叩き込んでやるからな。

おもいきり教えてやるよ。

おれが、おまえに願うことは、ただひとつだ。

全力で来い。

それだけだ。

ほら——

ベッドインのゴングが鳴ったよ。

3

リング中央で向き合った。

いい肉体だな、葵文吾。

むんむんと、肉の発する力が、匂い立ってくるようじゃないか。

それも、花のような匂いだ。

乳酸だとか、アンモニアだとか、焦性ブドウ酸だとか、そういった疲労物質の臭いは、わずかも混ざっていない純粋な汗の匂いだ。

まだ、夾雑物《きようざつぶつ》のない汗は、花のような香りを放つのだ。

うっすらとかいた汗。

控室で、アップした肉体。

試合の直前に、最後のしあげをしてきたんだな。

穿いているのは、トランクスだ。

上半身は、裸体。
葵流がトランクスかね。
トランクスを穿いているのに、その構えをするのか。
左足を前に出して、右足を引く。
腰を落として、ベタ足だ。
左手は、親指を上にして、指を揃えて前へ。
右手は、掌《たなごころ》を下にして、左手より手前に置く。
左手は、胸の高さ。
右手は、臍《へそ》の高さ。
柔術だな。
総合を捨てたのか。
葵流に、そういう構えがあったか。
似合ってるぜ。
向きあってみて、はじめてわかる。
おまえがなまけていなかったということが。
やっていたんだな。

ずっと鍛えていたんだな。

しかも、前よりも強くなっている。

そうこなくちゃな。

何をやっていたかは、口で訊くことじゃない。

これから、たっぷりと、おまえにそれを教えてもらう。

何をやってきたかは知らないが、それを、ここで根こそぎぶっ壊してやろう。

おれも、これまでやってきたことを、ここで試したい。

前に出る。

なんと、おまえは下がらない。

いいのか。

あとほんのちょっと、左足の爪先で、マットのキャンバスを掻くようにして前ににじり寄れば、蹴りの間合だ。

ほら。

入った。

前蹴りだ。

シンプル極まりない前蹴りだ。

フェイントも何もない。
一直線の、本気の蹴りだ。
様子を見たり、間合を計ったりする蹴りじゃない。
この一発で、おまえを沈めてやるつもりの蹴りだ。
疾いだろう。
見えなかったろう。
予備動作無しで、ひたすら真っ直ぐの蹴りだ。

4

見えなかったよ。
凄い蹴りだな。
大砲をぶち込まれたようだ。
でも、見えなかったけど、わかったよ。
おまえの顔つきでな。
下に向けた右手で、斜め下に、あんたの蹴ってきた足を、押し払ったんだ。

その手をはじいて、おれの腹に、あんたの右足の中足がぶちあたってきた。

それを、まともに受けてやったよ。

そこらの二流、三流の人間なら、胃液を吐いて転げまわっていることだろう。

だが、おれは、そこらの二流、三流じゃない。

葵流の、葵文吾だよ。

おれが、右手の地神《ちしん》受けで、威力を少し削いでやったからな。

地神——掌底で、下方に向かって打つ葵流の技だ。

地神で打ったおかげで、蹴りの軌道が狂い、威力が二割減だ。

だから、おれは立っている。

本当は、あんたの蹴り足を捕らえて、葵流の寝技に持ち込むつもりだったんだが、それができなかったのは、蹴りの威力が凄まじかったからだ。

次は、おれだな。

いいだろう。

おれのこの構え。

葵流の、火熊《ひぐま》の構えだ。

いいか、立脇。

柔術はな、もともと、総合武術だよ。

柔術だけじゃない。

空手だって、そうだろう。

相手が武器を持っていようが、どんなことをやってこようが、これで勝てるシステムがもともとあったってことだ。

それを、これから、ゆっくりあんたに教えてやるよ。

あんたが、道衣を着てこなかったことで、こちらが仕掛ける技が多少は減ったがね、逆に、できることも増えたんだ。

それを、これからあんたに教えてやるよ。

あんたが前蹴りできたんで、こっちも、似たようなやつで、やらせてもらう。

いいか。

痛いぞ。

重心を、前後に揺すって、火熊の構えから、羽毛が風に舞うように、腰を浮かせ、下げ……

左足で、二センチ前へ――

でも、膝の位置は動かさないので、あんたには、左足が二センチ前に出たのがわからない。

また、ふわりと腰がゆっくり浮きあがる。

その一瞬——

「シャッ！」

右足を跳ねあげる。

入った。

菱打《ひしう》ちだ。

5

入れられた。

腹だ。

正確には、左の肋骨《あばらぼね》の一番下の一本——それを斜め下から蹴りあげられたのだ。

前蹴りだと思った。

それが、そうではなかった。

いや、前蹴りは前蹴りだったのだが、普通の前蹴りではなかったということだ。

通常、前蹴りは、中足で打つ。
足の親指の付け根に、硬くて丸い骨がある。
そこで打つのだ。
ところが、違った。
爪先だ。
足の親指の先で打ってきたのだ。
まず、通常は絶対にやらない蹴りだ。
何故なら、蹴りにいった足の親指の方が折れてしまうからだ。
それを、足の親指で蹴ってきたのだ。
そんなことがありうるのか。
足の親指が、肋《あばら》の下から、内側に潜り込んでくるような蹴り方だ。
さぶイボが立つような蹴りだ。
かろうじて、肋が折れなかったのは、軽く下がったからだ。
小さく下がって、ぎりぎりでその蹴りをかわせるはずだった。
かわせなかった。
葵文吾の左足の踏み込みが、あらかじめ、二センチくらい前に出ていたこともある。

通常の蹴りよりも、足が伸びたこともある。

それを考えに入れても、かわせたはずであった。

それを、かわせなかった。

いったい、何をされたのか。

6

貫き手だよ。

手の指をそろえ、その指の先の全部で人体を突く技だ。

これをやるには、指を鍛えねばならない。

何度も何度も、何日も何日も、何百日も、何千日も、何万日も、砂をこれで打つ。巻き藁を打つ。

指先にタコができ、それが潰れ、またそこが以前よりも硬いタコになり、それが潰れてまた——

気の遠くなるような日数、それを続けると、指の骨が太くなる。関節が太くなる。指先にできたタコが爪のように硬くなる。

爪は、もともと皮膚だからな。

鍛えれば、指先だろうがどこだろうが、皮膚は爪のように硬く、厚くなる。

これを足の指でやったんだ。

それでも、親指一本では、全力の蹴りは出せない。

親指が折れるからだ。

しかし、葵流では、足の親指に隣の人差し指を重ねるのだ。重ねて二本にし、相手を打った時に、親指の骨が折れぬよう、補強してやるのだ。

足の親指の上に人差し指を乗せ、その二本の指で、打つのである。

この二本重ねた指のかたちが菱《ひし》の実に似ているから菱打ちだ。

ねらうのは、肋の間だ。

肋の間に、これを潜り込ませるのだ。

今は、一番下の肋をねらってやったんだけどな。

どうだ。

はじめてくらった菱打ちの味は——

痛いだろう。

肋を真下から蹴りあげてやったんだからな。

どうだ、折れたか。

それとも、罅《ひび》でも入ったか。

それでも、下がったのは、さすがだったな。

下がってなければ、親指の第一関節までは肋の内側に潜らせてやることができたのに。

まあいい。

おれだって、あんたが、この技でくたばるなんて思っちゃいないからな。

くたばられちゃ困る。

まだまだ、試したいことがあるんだからな。

熊打ち。

うわばみ。

一本しめじ。

あんたには、葵流の技を、色々試しておきたいんだよ。

次に、丹波とやるためにな。

おれが、今日やるのは、みんな葵流だ。

ボクシングも、キックも、レスリングも、空手もやらない。

葵流だけだ。

葵流は、そもそもはじめから総合武術なのだからな。
今日は、葵流で、あんたを殺してやろう。
おれは狂えるからな。
狂うことを、親父に教わったんだ。

7

どうだい、葵文吾。
この構えは。
左足が前。
右足が後ろ。
肩幅くらいには、左右に足を開いている。
腰は、大きく落としている。
今のＭＭＡのセオリーから言えば、落としすぎだ。
フルコンタクトの空手から見ても、落としすぎだ。
でも、空手の構えだ。

おれ流だ。
少し、相撲が入っているけどな。
左手は、前に出している。
左肘を浅く折っている。
この左手、開いている。
拳じゃない。
親指を折っているだけだ。
右腕は、肘をたたんで、脇を締めている。
右手は、拳だ。
その拳の甲は、下に向いている。
どう見ても、空手そのものだ。
いいだろう。
この右の拳で、おまえを打つ。
そのための拳で、そのための構えだ。
口で言わなくたってわかるよな。
この構えが、そう叫んでいるもんな。

わかりやすい構えだ。
おれのベースは、相撲だよ。
親父にたたき込まれたんだ。
遊びながらだ。
親父と相撲で遊ぶのは楽しかったよ。
そこが、あんたとおれの違うところだ。
おれは、親父を恨んだことなんて、一度もないんだ。
ほとんどがいい思い出だ。
それでいいだろ。
なあ、本当のことを言えよ。
おまえだって、本音の本音のところでは、親父に感謝してるんだろう。
親父のことを好きだったんだろう。
愛しているから、殺せたんだろう。
おれにはわかるよ。
それで、その後が柔道だよ。
さらにその後に、空手が入ってきたんだ。

少し違うか。
空手じゃなくて、松尾象山だ。
おれの中に、松尾象山が入ってきたんだよ。
相撲。
柔道。
松尾象山。
わかりやすいだろう。
おれにとって、総合ってのは、総合格闘技ってのは、この三っつのことだよ。
それで、空手って決めたんだ。
相撲で学んだのは、倒れないことだ。
絶対に倒れないこと。
柔道で学んだのは、倒すことだよ。
倒して極《き》めること。
空手では、打つことだ。
その上で、空手でいいって覚悟したんだ。
その覚悟が立っているのは、相撲と柔道の上だ。

片足が相撲。

片足が柔道。

両足をそのふたつの上に乗せて、空手という中心を支えている。

それが、おれだ。

立脇如水だ。

さあ、来いよ、葵文吾。

もう挨拶は終ったんだ。

お互いに一度ずつ。

挨拶は一度でいい。

なんだ、左へ動くのか。

視線で追う。

右足の、ちょっと浮かせた踵を、爪先を支点にして回す。

左足の踵を支点にして、爪先を回す。

小さな重心移動。

これで、きちんとおまえの方を向いている。

腰を落としすぎると、動きが鈍くなるなんて言うやつがいるが、そんなことはない。

そういう奴は、動き方を知らないだけだ。

身体の本当の使い方を知らないだけなんだ。

ほら。

これでちゃんとフットワークも使えるだろう。

どうだ。

蹴りごろのところに、左脚が出ているだろう。

ローキック——下段蹴りを出しやすいだろう。

蹴って来いよ。

いいんだぜ、ここを蹴ってきても。

来ないのか。

あまりにもあからさまなんで、何かあると思ってるんじゃないのか。

ないよ。

いや、あるかな。

あると言えば、あるさ、もちろんね。

でも、ないと言えばない。

少なくとも蹴らせてはやるつもりなんだから——

それとも、こないんならこっちから先にしかけるんでもいいよ。

どうだい。

きた！

いきなりだ。

ばちぃんっ、

と、音がした。

強烈な右のローだ。

左脚の太股へ。

逃げないよ。

左足を持ちあげて受けることもできたし、避けることだってできた。

でも、やらなかった。

何故か。

それをやってしまうと、攻撃できないからだ。

立脇如水は、葵文吾の右足首を、左手で引っかけた。

もちろん、葵文吾は、そんなことで右足首を摑ませたりするような、ヤワなタマじゃない。

葵文吾の右足は、引っかけたおれの左手から強引に逃げた。
全部が想定通りだった。
実は、もう、立脇如水は、ローを入れられた瞬間に動き出していたのだ。

8

おいしそうな左脚じゃないか。
蹴ってくれと言わんばかりに、前に出ている。
これは、逃げようがない。
蹴るだけなら、間違いなく蹴ることができる。
蹴るだけならな。
しかし、蹴った後どうするか。
そのコンビネーションも考えずに蹴りに行ったら、何をされるかわからない。
読むべきは、立脇が、左脚をエサにして、何をしたがっているのか、だ。
答えはひとつだ。
蹴ってやることにした。

逃げてたまるか。
蹴ればわかる。
その後どうなるか、どうされるのか、それは蹴った後のお楽しみでいい。
いった！
ばちいんっ、
と、音がした。
硬かった。
まるで岩だ。
蹴らせた意味がわかったよ。
これなら、一発くらい蹴られたからって、どうということはない。
その一発をやられるかわりに、もっといいことがやれるんならな。
立脇の左手が、ローにいったおれの右足を取りにきた。
取らせない。
すぐに引いた。
その時、襲いかかってきたものがあった。
立脇の、右足だ。

あんなに後ろに引いていたはずの右足が、おれに向かって突き刺さってくる。

前蹴り！

しかも、ねらっているのはさっきと同じ場所だ。

左脚を蹴られる前に、この動きを始めていなければ、こんなに早くは届かない。

逃げる。

何かあるだろうと予測していたから、逃げるのも早い。

さっきより浅手ですむ。

しかし、その大砲は、腹を襲ってこなかった。

ダン！

と、右足がキャンバスを踏んで、退がったおれを、立脇の、今おれがローを入れてやったばかりの左足が、斜め下から突きあげてきたのだ。

ぶっとい槍だ。

それが、おれの顔面に向かって加速しながらぶつかってきた。

ねらってたのはこれか⁉

背筋の毛が凍りつくような気がした。

首を左に振って、かろうじてかわした。

しかし、立脇の左足に、右頬をこすられた。

骨にも浅くぶつかっている。

くらっ、
ときた。

しかし——

「もらいっ」

おれは、立脇の左脚を、両腕で抱え込んでいた。立脇の左足のアキレス腱のあたりを、おれの右肩に押しつけるようにして、両手でやつの左膝に圧力をかけ、おれは、両足で跳んだ。

さらに、両足をやつの左脚にからみつけ、身体をひねる。

立脇の身体が傾く。

おれ自身も、背中からマットに落ちてゆく。

やつの左脚を抱えている分、おれの方が有利だ。

葵流の寝技の出番だ。

教えてやろう。

うわばみを——

9

左足をとられた。

葵文吾のやつにだ。

心配はない。

逃げる。

こうやって、身体を回転させれば、アキレス腱固めは入らない。

次は、アンクルか。

それも逃げる。

どうだい、葵文吾。

おれには、それは効かないよ。

柔道をやってたからな。

関節技はひと通りやったんだ。

それも、柔術家並みにね。

相撲をやっていて、倒されないつもりでいたのが、今、倒されてしまったけどな。

ま、自分から倒れ込んで、下から相手を倒しにいく技なんて、相撲にはないからな。
いや、言いわけじゃない。
あんたのことを褒めてるんだよ、葵文吾。
うまいな、寝技。
でも、おれはかからないよ、関節技には。
これはヒールホールドかい。
逃げる。
逃げながら、攻めにゆく。
しかし、あんたもしつこいね。
逃げた分だけ追ってくる。
おれが攻めればそれをかわして追ってくる。
「く……」
「む……」
どっちの技もかからない。
それだけじゃない。
いつの間にか、あんたがおれの上に半身を乗せている。

ねらっているのは腕か。
腕拉ぎをやろうとしているんだな。
とらせないよ。
よほどのことがない限り、腕をとられることはない。
だが、何か妙だな。
逃げているはずなのに、逆に追いつめられているようなこの感じはなんだ。
逃げれば逃げるほど逃げ場を失ってゆくようなこの奇妙さはなんだ。
横へ。
上へ。
ねじって。
それをかわして——
あっ、
と思ったその時、おれの喉から〝ぐっ〟という呻き声が洩れていた。
喉を、とられた。
首だ。
背中に回った葵文吾が、背後から——つまり上から、おれの頸《くび》に左腕をからめてきたのだ。

　頸動脈締めだった。

「うわばみにかかったな」

　立脇如水の耳元で、葵文吾が囁いた。

10

　どうだ。

　頸をとってやった。

　頸動脈締めだ。

　驚いたか。

　これがうわばみだ。

　知ってるか、立脇よ。

　蛇の牙っていうのはな、内側にむいてるんだ。

　一度嚙みつかれたら、抜けない。

　逃げられない。

逃げようとすると、ますます牙が食い込んでくる。

嚙まれた獲物は、喉の奥へ奥へと入ってゆくしかないのだ。

だから、蛇は、相手の身体のどこでもいいからまず嚙みつく。

たとえば、それは、足だっていいのだ。

足に嚙みついて、そこからゆっくりと相手を吞み込んでいけばいい。

足から、脛。

脛から膝、膝から太腿、太腿から腰、腰から腹、腹から胸、肩、頸、そして頭まで吞み込んでゆく。

これがうわばみだ。

身体の一カ所にまず嚙みついて、そこからゆっくりと相手を吞み込んでゆく。

頭は最後でいい。

一度、相手に関節技をかけたら、もう逃がさない。ゆっくりと徐々にその身体の全部を吞み込み、最後に頭を吞み込む。

その全体、その流れこそが葵流の〝うわばみ〟なのだ。

どれかひとつの、特定の技を指しているわけではない。

いいか、立脇よ。

このうわばみは、寝技を知っている奴ほどよくかかるんだ。

知ってる奴ほど、かたち通りに逃げてゆく。

だから、追うことができるのだ。

だから、おまえは呑み込まれたんだ。

これがうわばみだ。

おれは、立脇の耳元で囁いてやった。

「うわばみにかかったな」

そこで、一ラウンド終了のゴングが鳴ったのである。

11

いいか、葵文吾よ。

まさか、おまえ、おれがゴングに救われたと思ってるだろうなんて、そんなこと考えちゃいないだろうな。

確かに、おれは今、喘《あえ》いでいる。

古流の奥の深さに驚いているよ。

おまえ、自分でわかっているだろうが、今の裸締めは、完全じゃなかった。

おまえは、もう少し時間があれば、完全に頸動脈を止めることができたと思っているだろう。

確かに、今のは凄い技だった。

だけどな、ああなった時、おれにだって試したいことのひとつやふたつはあったんだ。

おれは、ゴングに救われたというよりは、その試したいことをやれなくて、残念だと思ってるんだよ——

どうだい。

「セコンアウツ!」

アナウンスの声が響いた。

立ちあがって、リングの中央まで歩いてゆく。

むこうからは、葵文吾が出てきた。

向きあう。

どうだ、葵文吾。

おれは、喘いでいるか。

インターバルの間に、呼吸はもとにもどった。

いつもと同じ呼吸、同じ平常心で、立つ。
ゴングが鳴った。

12

どうだった、うわばみは。
草の中を歩いていて、蛇に足を嚙まれる。
その蛇に、結局呑み込まれちまう——あんたは助かったようだけどな。
呼吸はもどっちまったようだな。
安心しろ。
ゴングが鳴らなかったら、おまえを落としていたなんて、言うつもりはないよ。
完全に入っていなかったのは、おれだってわかってるよ。
さすがにね。
そうだ。
もっと睨んでこい。
眼でおれを殺してみろ。

いいね。
ひりひりするね。
背中のあたりが痒くなってくるね。
あんたが、あの時より間違いなく強くなってるってのがわかるよ。
嬉しいね。
そういうあんたにもう一度勝つ。
葵流でね。
ゴングが鳴った。

13

前に出る。
おまえも前に出てくる。
もう、様子を見ない。
ほぼ全力の潰しあいだ。
ただ、全開じゃない。全開にして、アクセルを踏みきってしまうわけじゃない。そんなことをしたら、たちまち息があがってへたってしまうからな。フルマラソンで、最初から全力疾走するのは、馬鹿みたいなもんだからな。
全力疾走ではないが、マラソン選手はみんなぎりぎりの場所で勝負をしている。
そういう意味での全力の潰しあいだ。
いいぜ、ガードしても。
ガードしているその腕を潰してやるからな。
ひゅっ、
フッ、
ひゅっ、
フッ、
ひゅっ、
蹴りと拳を休まず入れる。
ボクシングのパンチじゃないよ。
空手の拳だ。
わかるだろう。
ムエタイの蹴りじゃないよ。

空手の蹴りだ。

まんまじゃないけどな。

だけど、あんたにはわかる。

これが空手の拳だっていうことが。

これが空手の蹴りだっていうことが。

技を出すタイミング。

体幹のつかい方。

角度。

腰の入れ方。

そういうものがみんな空手になっている。

ほら、当った。

ほら、入った。

あんたは、おれを摑もうとする。

おれは、摑ませない。

葵流——打撃があるとはいえ、柔術よりだよな。

それで、空手着を脱いできたんだ。

あんただって、衣《ギ》を着ていない。

おれが、柔道もやってきたことを、知っているからだ。

あんたは、飛び込んで、おれにしがみつかねば、組み技に入ることができない。

タックルをしなければならない。

けど、おれは、あんたのタックルに、膝を合わせるつもりでいる。

顔面に、膝をぶちあてる。

カウンターでだ。

それ一発でけりがつくような凄いやつだ。

実を言えば、あんたがタックルしやすいようなタイミング、つまり隙をさっきから作ってやっている。

しかし、あんたはその誘いに乗ってこない。

この隙が、誘いだとわかっているからだ。

おれが、カウンターをねらっているとわかっているからだ。

だが、それが、逆におれには都合がいい。

他の攻撃が入るからだ。

あんたは、おれが作ってやっている隙が気になって気になってしようがない。

他のやつなら、もうとっくにカウンターを合わせられてしまうだろう――そう思っている。

しかし、おれならば――そう考えているだろう。

おれならば、その隙をこじあけて、タックルができる――と。

頭から入ってゆくタックルじゃない。

ボクシングのクリンチのようなタックル。

しかし、それだと拳をぐらなければならない。

くぐった後は、肘打ちのカウンターが待っている。

あんたは、それもわかっているから、入ってこられないのだ。

どうだ、来いよ。

このままずっと、おれの打撃につきあうつもりじゃないんだろう。

ほら、この隙はどうよ。

この隙は、ちょっと長くしてやったよ。

そうだ。

あんたなら入ることができる。

あんたならだいじょうぶさ。

ほら。

ほら——

14

くらっ、ときた。

もの凄い衝撃だった。

肘だ。

立脇如水の右肘を、左頬にくらったのだ。

ふっ、と意識が遠のいたが、それは一瞬だ。

打撃点をずらしてやったからだ。

タイミングも、ほんの少しはずしてやった。

いくらずらしても、立脇の打撃だ。

普通は、それで勝負ありだ。

しかし——

おれならば、その衝撃に、耐えられる。

打撃点——つまり、ヒッティングポイントとタイミングさえずらせば、どうってことはない。

当てられたのではない。

当てさせてやったのだ。

そのかわりに、おれが手に入れたのは、おまえの身体だ。

どうだ。

両脇の下から、両手を差し込んで、こうやっておまえを抱え、さあ、どう料理をしてやろうか——

おれの両手を……

何だ、これは⁉

おれの手が触れているのは、立脇の身体じゃなくて——

マットだった。

おれの手は、マットのキャンバスを引っ掻いて、仰向けになろうとしていた。

何だ⁉

何があったのだ。

半身になったところで、上から、立脇の重い身体が被さってきた。

糞⁉

ほんの一瞬と思っていたのが、その倍以上の時間がかかっていたらしい。

二瞬半。

その間に、おれはマットに膝をつき、前のめりに倒れたのだ。

それに、おれは気がついてなかったのだ。

そのわずかな時間、おれは意識を失っていたことになる。

それでも、勝手に身体が反応して、立脇が背中に被さってくるのを予想して、バックをとられぬよう動いていたことになる。

いや、身体がそういう反応をしていたということは、失われたのは意識ではなく、記憶だったのか？

そんなことはどうでもいい。

今は、それを考えている時ではない。

立脇の身体の下から抜け出さなくてはいけない。

これも、身体が反応していた。

無意識でもやれる動きだ。

なんとか仰向けになって、ガードポジションをとらなければいけない。

葵流で言う、股がらみのかたちになることだ。

しかし、立脇のやつ、なんていやらしくおれに足をからみつかせてくるのか。

さかりがついて、狂ったようになってる女だって、そんなふうにいやらしい足のからみつかせかたはしてこないぜ。

意識が、だんだんもどってくる。

なんだ。

こうなってみたら、これは、おれの望んでいた寝技の展開じゃないか。

たまたま、半身になったおれの上に、おまえが乗っかっているだけだ。

馬鹿だな。

寝技にこないで、おれの頭を蹴るか、踏みつけにくればよかったんだ。

それとも、おれは、記憶にないだけで、おまえの蹴りや踏みつけをガードしていたっていうのか。

どうなんだ、立脇。

15

さすがだな、葵文吾。

しかし——

おまえが、おれの懐に入ってくるタイミングをずらしてくるのはわかっていたんだ。

おれの拳の打撃点をずらしてくるのもだ。

入るのを、ほんの少し、おまえは遅らせた。

入るぞと見せて、ひと呼吸の百分の一ほど入ってくるタイミングをずらしたのだ。

しかし、おれは騙せないよ。

おれは、それに引っかかったふりをして、おもいきり肘を入れてやったのだ。

入った。

普通のやつだったら、これで倒れる。

倒れたら起きあがれない。

しかし、おまえは、膝をついた後、いったんは手で倒れるのを支えようとした。

その頭へ、おれは、蹴りにいったのだ。

だが、おまえは倒れることでその蹴りをかわしたのだ。

おまえは、おれが蹴りにゆくのをわかってたんだな。それで、わざと倒れにいったんだ。

不思議だったのは、倒れたおまえが、キャンバスに両手を伸ばしたことだ。まるで、マットを抱きかかえようとでもするかのように。

その頭を踏みつけようとした。

そうしたら、おまえは、うつぶせだった身体を横向きにしようとした。しかも、手で頭をガードしながらだ。

それで、おれは踏みつけるのをやめて、被さっていったんだ。

肘が、効いているのはわかっていた。

おまえの意識が半分とんで、朦朧としているのもわかった。

それで、おれは寝技にいったんだ。

おまえを仰向けにして、その上に被さって、あとは、好きなように攻める。そんなことまで考えたんだ。

一瞬だけどな。

しかし、おまえは凌いだ。

なんてやつだ。

わかるぞ。

死ぬほど、稽古をしたんだな。

これ以上できないというくらい、この試合のために、時間とその肉体を使ってきたんだろう。

ただ、残念なことに、一日は二十四時間しかない。

あらゆることを犠牲にして、その二十四時間の全てを稽古に使う。女とやるのもやめて、映画を観るのもやめて、うまいものを食うのもやめて、二十四時間フルに使う。強くなるためだけに。

試合の方が、楽だよな。

試合になって、ほっとするよな。

食べる時も稽古だ。

飯を食う時だって、がんばる。

肉を食いながら、自分の身体の足りない筋肉——上腕二頭筋になれ、なれと念じながら嚙んだものを呑み込む。

眠れば、試合か稽古の夢を見る。

一日二十四時間、強くなるためのことから逃げられない。

それを無限に繰り返すんだ。
それに比べたら、試合なんて、屁みたいなもんだ。
二十四時間じゃない。
五分、三ラウンド。
たったの十五分だ。
そうだろう、葵文吾。
そのくらい、わかるさ。
おれがそうだからだ。
いいか。
これから、おれたちは、その二十四時間の濃さを比べ合うんだ。
ふたりで、リングで向き合った時には、もう結果は出ているんだ。
けれど、その出ているはずの結果は、比べ合うことでしかわからないんだ。
他に、証明する方法はないんだ。
そういう世界に、おれたちは今いるんだ。
おれで、よかったな、葵文吾。
おまえでよかったよ、葵文吾。

おれは、おまえがどれだけのものに耐えてきたか、どれだけ濃い時間を生きてきたか、それがわかる。

おまえだって、おれのことがわかるだろう。

16

凄いやつだな、立脇。

おまえは想像以上だ。

おれは、意識が、半分消えている。

今、かろうじておまえの攻めを凌いでいるのは、おれじゃない。稽古だ。おれがこれまでやってきた稽古の量が、おまえを今凌いでいるんだ。身体の中に染み込んだ稽古が、今、おれの肉の中から出てきて、おまえと闘ってるんだ。

ああ、よかった。

稽古をやってきて。

休まないでよかった。

もしも、休んだり、なまけたりしていたら、もう、おれはおまえにギブアップしていたところだ。

いいか、もう少し凌いだら、おれは復活する。

復活したら、おれの番だ。

確かにな、おれは親父をこの手で殺したよ。

おれの腕の中で、親父の頸椎の折れる音を聴いたんだ。

自慢してるんじゃないぞ。

自分の生きてきた地獄を自慢したって、そんなのは、屁のつっぱりにだってなるもんか。

それで、相手に勝てるっていうんなら、何人だって、殺してやるよ。

おふくろの頸の骨だって、折ってやるよ。

しかし、そんなのは、強さとは関係がない。

それを、おれはよくわかっている。

おまえだって、そのくらいはわかっているだろう。

まさか、おれの親父殺しを知って、それでおまえ、びびったりはしてないよな。

立脇よ。

もしもおまえがびびってるとしたら、親父のことじゃあ、ないよな。

おまえは、おれにびびってるんだ。

この葵文吾本人にびびってるんだよな。

それでいい。

どうだ、少し、呼吸がもどってきたぞ。

ゴングが鳴った。

17

攻めきれなかった。

あいつの呼吸が、だんだんもどってくるのが、闘っていてよくわかった。

腕で口や鼻を塞いだり、呼吸がしにくくなるようにしたり、色々やってやったのだが、葵文吾は逃げ切ってしまったのだ。

このインターバルで、奴はもっと回復するだろう。

しかし、心配はしちゃあいない。

何故なら、次の最終ラウンドは、立った状態で始まるからだ。

もう、寝ない。

立った状態で、最初から最後までやる。
どっちみち、判定勝負にするつもりはないしな。

18

心配することはない。
いいな、飛丸。
いいな、密丸。
おれは、負けない。
呼吸は、もうもどっている。
弱い相手に勝っても、意味はない。
強い立脇如水に勝つから、意味があるのだ。
ありがたい。
立脇は強いからな。
強い相手と、とことんやり合う。
それが望みだ。

いいか。
これから、葵流は、陽の当るところに出てゆくことになる。
この立脇をぶっ潰して、おれたちのやってきたことが、何であったかを証明するんだ。
わかったな。
ほら、インターバルが終った。
ゴングが鳴った。

19

やれるだけのことは、やったような気がする。
まだ、試してないことはないか。
まだ、こいつに対して、葵文吾に対して、使ってない技はないか。
ないような気がする。
すっからかんだ。
あるのかもしれない。あるのだけれど、それが思い出せないだけなのかもしれない。思い出せても、その技を出せるかどうか。

今のこの状態では、ストレートだって、満足のいくものじゃない。蠅がとまることができるくらいのろい。

しかし、いくら技を出せたって、いくらそれを相手にあてることができたって、威力が半減していたら、出してないのと同じだ。

だが、出さなければならない。

無限に。

そうでないと、やられてしまうからだ。

いったい、何を我慢しているんだろう、このおれは。

いったい、何に耐えているんだろう、このおれは。

疲れた。

体力は、ひと滴《しずく》だって残っていない。

試合でどんなに疲れ果てていても、急に、身体の皮がめくれて、あらたな体力が渾々《こんこん》と溢れ出てくることがある。自分の肉体が、もう限界を超えて、何がなんだか朦朧としてわからなくなる。倒れたくなる。寝ころがりたくなる。休みたくなる。

そういう時に、ぺろりと皮が剝けて、その下から、信じられないような、ぬれぬれとした赤ん坊のような体力がたちあらわれてくることがある。こんな体力がまだ残っていたのかと思えるような。

そういう皮が、これまで何枚も剝けた。

しかし、もう、いくら皮が剝けても、何も出てこない。

ランナーズハイだな。

フルマラソンを走っていて、疲れ果てて、もう走れなくなる。

そういう時に、皮が剝けるのだ。

あれ、まだ走れるじゃないか。

体力、まだ残っているぞ。

調子もいい。

足だってよくあがる。

こりゃあいい。

凄いぞ、おれ。

いけ、いけ。

それで走る。

ぶっちぎる。

それは、五分と、続かない。

たいてい、二分か三分。

アドレナリンのせいだ。

身体が疲れてきて、限界に近づいてくると、脳が危険を感じて、脳内麻薬を出すのだ。

それで、気持ちがよくなる。

調子がいいと錯覚する。

それで、速度をあげてしまう。

そして、自滅する。

そういう選手は何人もいる。

そういう時こそ、スパートせずに、体力を残す走りをしなければならないのに——

しかし、もう、おれの脳からは、アドレナリンも出てこない。

すっからかんだ。

身体は、砂漠のように乾燥しきっていて、どこをどう絞ったって、何も出てこない。

汗すら出てこない。

あと、できることは、倒れて休むことだけだ。

しかし、倒れることは許されない。

どうして許されないのか。

倒れたっていいじゃないか、寝ころがったっていいじゃないか。

それができたらどんなに幸せだろう。

でも、それができない。

やれない。

何故？

こいつが、まだ立っているからだ。

たぶん。

意識が朦朧としている。

その朦朧となった意識で考える。

いや、もう考えてなんかいない。

ただ、こいつが立っているのに、おれが寝るわけにはいかないんだ。

だから、倒れてくれ。

そうしたら、おれは、安心して寝ころがることができる。

こうやって、当っても相手が倒れない拳を、あとどれだけ当て続けなければならないのか。

20

見ろよ、立脇。

何という風景の前に、おれたちは今立っているんだろう。

頭の上には、悠々と雲が動いていて、遥か遠くでは、海が光っている。

ずい分高いところまで来たな。

青い空の、少し先には、星が光っている。

ああ、雲はもう下になったか。

おれたちの足もとを、雲が動いているのか。

海の端から端を視線でたどれば、丸みをおびている。

あれは、地球のラインだな。

これまで、こんな高いところまで来たことはなかったよ。

もう、すぐ先が宇宙だ。

地球のてっぺんだ。

独りじゃ、来られなかった。

立脇よ。

おまえがいたから、ここまで来ることができたんだ。

立脇よ、おまえが見せてくれた風景だ。

凄いな、おまえ。

こんな風景、これまで、誰も見せちゃくれなかったよ。

親父だってそうだ。

色々なことがあったな。

おれは、まともな人間じゃなかった。

どこかで、マフィアに、マシンガンで撃ち殺されていたっておかしくない人間だよ。

それが今、こんな場所に立っている。

この風景を、これまで、何人の人間が見ることができたと思う?

そうさ。

松尾象山だって、こんな風景を見たことはないはずだ。

立脇よ——

立脇よ——

おれたちだけだ。

おまえとおれだから、ここまで登ることができたんだ。
ああ、立脇よ。
おまえがいたからだ。
今はわかるよ。
この風景を見るためだったんだな。
おれがこれまで生きてきたことの中で、色々あった、あれも、これも、みんな……
親父を殺したことも。
あそこで丹波にやられたことも。
全てが、ここまで登ってくるために必要なことだったんだ。
今、ようやくわかる。
なあ、立脇よ。
地上を見てみろよ。
リングの上を。
ほら、あそこで、ぼろぼろになって闘っているやつがいるだろう。
おまえと、おれだ。

そろそろどうだ。
あんまり、ここに長居はできないからな。
下山しなきゃいけない。
おまえの身体に、重いものが詰まっているだろう。
それが重くて、動けないだろう。
おれもそうだ。
こんな高いところに、人はいつまでもいられないんだ。
あの、身体の中に、もどらなきゃあいけない。
いいか。
転ぶなよ。
一歩、一歩、確実に足を出して、もどるんだ。

21

いい酒場じゃないか。
混みぐあいもほどがいいし、騒音のぐあいもほどがいい。

うるさいと話ができないし、静かすぎるとなんだか手づまりになって、会話もできない。

このぐらいでちょうどいい。

居酒屋っていうのは、このくらいじゃないとな。

なんだ、もう、ビールはいいのか。

日本酒か。

ならば、おれもつきあうよ。

好きな銘柄はあるのか。

へえ、それは、まだおれは飲んだことないな。

それ、それでいこう。

熱燗だな。

なかなかうまい。

おでんに合うじゃないか。

なあ、文吾、女はいるのか。

つきあっている女のことさ。

その面じゃあ、いないってことだな。

いいさ。

おれだっていない。

そりゃあ、やりたいさ。

男は、みんな、色情狂みたいなもんだろう。

お互いさまだ。

顔のことを言い出したらな。

だけどな、おれたちみたいな人間——いや、おれみたいな人間は、たぶん、いつでもやれるいい女がいて、そいつとの仲がうまくいっていたら——ああ、そうだよ、幸せだ、もしも幸せだったら、たぶん、おれなんかはここまで来ることができなかったよ。

おれはね。

みんながそうだって言うつもりじゃないよ。

幸せで、強いやつもいる。

おい、眠るなよ、文吾。

そりゃあ、気持ちがいいさ。

身体に酒が入って——

居酒屋のこの喧噪が、音楽みたいで、適当に酔ってきたら、眠くもなるだろうけどな。

おれだって、眠いんだ。

だけど、もう少し、もう少しだけ、おまえと飲んでいたいんだ。
おまえと話をしていたいんだよ。
いいだろ。
さあ、もう一杯飲めよ。
おれにも一杯注《つ》いでくれ。
もっともっと話をしよう。
ひと晩中だっていいんだ。
どんなつまらない話だってな。
こら、酒をこぼしちまったじゃないか。
なんだ、眼を閉じるなよ。
そんな幸せそうな顔をして、眠るんじゃない。
ほら、起きろ。
もう少し、もう少しだけ、おれと話をしよう。
遊んでくれ。
なあ、文吾。
眠るなって言ってるだろう。

起きろ。

起きろよ文吾。

ほら、こうやって、頰を叩いて——

起こしてやるから。

ほら——

頼むよ、文吾。

頼む。

もう少し、話をしよう。

おれをここに残して、ひとりだけ行かないでくれ。

もう少し、もう少しだけ、話を……

22

ゴングが鳴らされた。

レフェリーが、あわてて、両腕を頭の上で何度も交差させて、ゴングを要求したのだ。

葵文吾の上に、立脇如水が跨がって、頰を叩いていたのだ。

ぴしゃぴしゃと。

まるで、眠っている人間を起こそうとするかのように。

葵文吾は、仰向けになったまま、動かなかった。

その頬を、立脇が叩いている。

それで、レフェリーが試合を止め、立脇の勝利を宣言したのである。

「立脇、おまえの勝ちだ、やめろ」

レフェリーに止められたその時、立脇は顔をあげた。

それで、はじめて、そこが試合場で、リングの上であることに気がついたようであった。

周囲を見回し、何か思い出したことでもあったようにうなずき、そして、ゆっくりと、立脇はうつ伏せに倒れた。

葵文吾の上に。

立脇は、葵文吾の上に、折り重なるようにして、まるでその身体を抱きしめるようにして、意識を失っていたのである。

五章　道田薫の提案

1

「きみたちに、頼みたいことがあるんだよ」

そう言ったのは、車椅子の男だった。

和服を着た、スキンヘッドの男だ。

年齢は、五〇歳くらいか。

小さく、丸い、きろりと光る眼をしていた。

日比谷にある大日本《だいにほん》ホテルの最上階だ。

四十七階。

そのフロアが、まるまるひと部屋になっている。

ひと部屋といっても、実質的には、三部屋にわかれている。ただ、借りる時は、その三部屋のうち、一室だけというわけにはいかない。たとえ、一室だけ使用する場合でも、まとめて三部屋を借りることになる。

庭つきだ。

屋上に、土を盛り、樹を植え、池まで作っている。

極上の庭だ。

部屋からその庭を眺めると、京都あたりにある最高級の旅館の離れにいるのかと錯覚しそうだ。

池の周囲に、庭石が置かれ、楓や松が植えられている。

温泉つきで、露天風呂があり、好きな料理人を呼んで、料理をさせるための厨房までついている。

「どうだろうね」

スキンヘッドの男は、重ねて言った。

道田薫《どうでんかおる》——

闘人市場《とうじんいちば》の主催者だ。

道田薫の前に、ソファーがふたつ。

イタリアの、カッシーナのソファーだ。

そこに腰を下ろしているのは、きっちりと上下のスーツを着た、巽真である。

その横のソファーに腰を下ろしているのは、派手なスーツを着こんだ太い漢《おとこ》であった。

濃い緑色のスーツの上下——その下に着ているのはピンクのシャツで、ネクタイの色は赤だ。

しかし、その肉体が、この補色関係にある派手な色のスーツとシャツに負けていない。内側からむりむりと膨らんでくるような肉の圧力が、この色を凌駕しているのである。

太い漢。

松尾象山であった。

「東洋プロレスと、北辰館、今年の予定を、このわたしに、預けてもらえないだろうか」

道田薫は言った。

「預けるって?」

言ったのは、巽真である。

「たとえば、巽さん。東洋プロレスでは、この四月三〇日に、万博コロセウムで試合があるよね」

「ええ」

「その試合から、年末までの三会場ほどを、わたしの自由にさせてほしいんだよ──」

「年末まで?」

「ああ。年末まで、三試合、そのマッチメイクをわたしにやらせてほしいんだ」

「──」

巽真が沈黙すると、

「十億出すよ」

道田薫が言った。

「十億？」

「試合の、入場料のあがりも、テレビの放映権料もいらない。それは、みんな、巽さん、東洋プロレスが好きにしていい。ただ、マッチメイクの権利を、わたしに売って欲しいんだよ。選手への違約金だの、その他テレビ局なんかに不義理が生ずる場合は、その十億の中で、話をつけてもらいたいんだ。不満のある選手がいれば、金で解決させてもらう」

ここで、道田薫は、松尾象山に視線を向けた。

「松尾さん。あんたにも、頼みがある。秋にトーナメントがあるよね。四年に一度の世界大会が。あの中に、わたしのわがままで、人を送り込みたいんだ。他にも、ちょっとしたわがままに眼を瞑《つむ》ってもらいたいんだよ」

「わがままねえ……」

「これも、十億」

「悪くはない額だ。でも、わたしは、金じゃあ転べないねえ。巽さんはどうかわからんけどね」

「わたしだって、金では転べませんよ。でも、うちの会社、東洋プロレスの方は、金額次第でしょうけどね」

「あ、ずるい」

松尾象山と巽真は、道田薫の前で、じゃれあっている。

「きみたちは、久我重明の名前は、知っているだろう」

「それは、もちろん」

巽真はうなずく。

「名前だけじゃないけどね」

松尾象山が言う。

「昨日の、姫川源三と磯村露風——あれはなかなか興味深い試合だった」

「確かに——」

「まあね——」

巽真と、松尾象山がうなずく。

「それで、思いついたんだよ。闘人市場では、久我重明の他にも、負け知らずの男が何人かいる」

「承知してますよ」

巽真が、静かに顎を引いた。

「きみたち、翁九心《おきなきゆうしん》の試合を見たくはないかね」

道田薫が、その名前を出した途端、ふたりが真顔になった。

「さすがに、知っているかね、翁九心の名前は――」

「あの男、闘人市場に……」

「出てもらったよ。もちろん、別の名前でね――」

「そりゃあ、そうだわな」

松尾象山は、眉を、わずかに顰《ひそ》めた。

「人を殺しとるからね。本名じゃ、出られぬ。どうだね、きみたち、翁九心と、闘《や》りたくはないかね――」

道田薫が言った。

「こりゃあ、殺しあいになるわなあ」

松尾象山の太い唇に、太い笑みが浮かぶ。

「他にも、猿神跳魚、マンモス平田というのがいる。マンモス平田なら、巽真くん、わかるだろう？」

「あの男が、闘人市場に？」

「八戦、無敗」

道田薫は、短く告げた。

「わたしは、この三人を、陽の当る場所へ出してやりたいのさ」

「しかし、いいんですか」

巽真が問う。

「何のことかね」

「翁九心を、陽の当る場所へ出して？」

「金で、話をつけたよ」

「アメリカと？」

「首相に電話してね、戦闘機を三機、よけいに買わせたからね。それでチャラだよ」

ヒュー、

と、巽真が唇を鳴らした。

「翁九心が闘るのを見ることができるんなら――」

「違うよ、闘るんだよ、君が」

松尾象山が、言う。

「あちゃー」

「わたしは、闘れないんですか？」

巽真が、割って入ってきた。

「誰かは闘ることになるよ、誰かはね」

「ひとりだけ?」

「それは、もちろん、きみたち次第さ。試合方式をどうするかはね」

「会った時に、その場で闘っちゃっても?」

「巽くん。プロのレスラーは、ファイトマネーが出ないと、闘らないんじゃなかったのかね」

道田薫が、試すような眼で、巽真の顔を覗き込む。

「相手が、翁九心なら別ですよ。それから、もうひとり、松尾象山ならね」

「本気だよ、この人」

松尾象山は、巽真を見やり、

「でも、おれは強いからなあ」

とぼけた顔で、そう言ったのであった。

2

万博記念公園コロセウム――

京野京介は、青コーナーに立って、赤コーナーを見つめている。

この日、すでに、本選開始前に、京野は、ジャン・クルーニーと、オープニング・マッチで闘って勝っている。しかし、どこにもその試合のダメージは残っていないように見える。

赤コーナーに立っているのは、ずんぐりした、岩のような肉体を持っている男であった。

髪は短い。

隅田元丸――

もと柔道家。

寝技師で、握力が半端ない。

木製バットの両端を握り、捻《ねじ》り折ることができる。

岩の塊を、赤コーナーのマットの上に置いたように見える。

京野は、格闘家としては、痩せている。

体型は、キックボクサーのようである。

筋肉は柔らかく、撫で肩だ。

その身体だけ見れば、女のようだ。

その肩を、背後から優しく揉んでいるのは、磯村露風である。

「京野」

磯村露風が、京野の耳元に唇をよせて、囁く。

「この試合は、遊ぶな」

「はい」

「好きなようにやっていい。おまえは、時々、おれみたいになるが、気をつけるところはそれくらいだ」

「先生みたいに？」

「自分の技に、うっとりとなるところだな。ああ、何でおれは、こんなことができちゃうんだろう。凄いぞ、おれ——ここは、おれの真似《まね》をしちゃ、いけないところだ」

「はい」

京野は、静かにうなずく。

「今、好きなようにやっていいとは言ったがな、あれは使うなよ。あれは、とっておけ

「——」

「ふ、ふりこのこと？」

「そうだ」

磯村露風がうなずいた時、ゴングが鳴ったのである。

3

隅田元丸は、摺り足で前に出ていった。

身に着けているのは、柔道着の下——ズボンだけだ。

京野京介が身に着けているのは、トランクスだ。

濃い緑だ。

その、右の尻に近いところに、〝京〟と、金の糸で刺繍がしてある。

隅田元丸は、先にリングの中央に出て、そこに立った。

京野は、動きがゆっくりだ。

拳を上げて構えもせず、すっ、すっ、と、小魚が水面すれすれを泳ぐようなリズムで、前に出てきた。

それを、隅田元丸は、リング中央で待つことになった。

この前は、不覚をとった。

姫川源三という、妙な親父がやってきて、手合わせすることになり、やられてしまったのだ。

もっとも、その時、姫川は、妙な手を使った。

何かの薬を、試合の最中に、このおれに盛ったのだ。

その薬で、やられちまったのだ。

北辰館の、姫川勉の親父だ。

あれは、おれが、未熟だったからだ。

あんなことをされなければ勝っていたとは口にしない。

思ったこともない。

負けは負けだ。

つべこべと言いわけはしない。

気づかなかった自分の恥である。

そのことに、腹を立てている。

あの時、失われたものを、ここで取りもどさねばならない。

前に出てきた京野と、拳を合わせる。

オープン・フィンガー・グローブを嵌めた左手を、軽く前に出す。

京野が、それに合わせるように、左拳を持ちあげてくる。

ちょん、

と、拳と拳の先端が触れあった。

その瞬間、勝負が始まったのだ。

隅田元丸の左手が、京野の左手首を、握っていたのである。

「ちゃあああっ！」

引いて、掛けて、いっきに投げて、被さってゆく。

そうなると思っていた。

ならなかった。

ぐるりと、宙を一転させられて、背中からキャンバスの上に落とされていたのは、自分自身——つまり、隅田元丸だったのである。

いつ、どの瞬間に、どうやって投げられたのかわからなかった。

目まぐるしく意識が回転する。

柔道？（違う）

痛い！（手首だ）

片手だけ？（そう、片手だけ）

おれの方が手首をとられた？（とられた）

投げ？（投げじゃない）

投げじゃないのに投げられた？（うん）

柔道？（じゃないと言ったろう）

じゃ、何？（あれだ）

あれ？（そう）

小手返し？（似ている）

合気道？（え⁉）

まさか、柔道のおれが、合気道の初歩中の初歩の手にやられたのか？（今、やられている）

この思考は、一秒にも満たない時間の中で、隅田元丸の脳内において交わされたものだ。

それも、ほぼ同時に。

重なられて。

上になるつもりが、上になっているのは、京野のやつじゃないか。

それも、軽い。

すぐにひっくり返して、こっちが上に。

寝技なら、得意だからな。

あわてるな。

すぐに。

あれ⁉

ひっくり返らない。

こんなに軽いのに。

おれは、こいつの下でごろごろしているだけじゃないか。

いったいどうなっているのか。

糞。

道着さえ、こいつが着ていれば、やってやれることはいろいろあるのに。

馬鹿。

なんてことを考えてるんだ。

こいつが道着を着てないことは、ゴングが鳴る前からわかってたんだ。おれだって着ていない。どれだけ考えたってどうしようもないことを考えてどれだけの意味があるというのか。

ない。

何が起こってるのか。

こんなに軽いやつに乗っかられて、何もできないなんて。

ひっくり返すこともできないなんて。

これは――

透明な檻だ。

蜘蛛の糸でできた牢獄だ。

ここから脱出だ。

逃げる。

エビで逃げておいて、ほら、こうやって。

あれ⁉

いつのまにか、おれは、うつぶせになっているじゃないか。

なったんじゃないか。

させられたんだ。

うつぶせに。

逃げているうちに。
どんどん手が詰められてゆく。
玉《ぎょく》が寄せられてゆく。
ねらっているのは顎か。
そうはいかない。
あっ。
つるん、と、京野の手が顎の下に入ってきて——
それで。
あれ⁉
絞められているのか。
ああ、絞められている、絞められている。
でも、ほとんど力なんか入っていないよな。
柔らかい、女のような、ビロードのような腕、肌。
ふわっと、真綿がからんでいるような。
力なんていくらも入ってない。
いい気持ちだ。

眠くなりそうだな。
寝てしまっていいか。
いや、起きなきゃ。
何のために起きるんだっけ？
おれ、今、何をしてるんだっけ？
なんだか、騒がしいな。
うるさいその音が、急に遠くなって――
どうしよう。
眠るんなら、灯りのスイッチを。
テレビ、消したよな。
それなら……これから……
あ……

ことん。

4

隅田元丸の首が、ことん、と前に倒れた。

それを見ていたレフェリーが、頭の上で、両腕を何度も交差させた。

激しくゴングが打ち鳴らされた。

京野京介が、隅田元丸の上から、ゆっくり起きあがってきた。

四十九秒——

ゴングが鳴らされてから、たったそれだけの時間で、京野京介が、裸絞めで隅田元丸を落としていたのである。

汗も掻いていなかった。

会場全体を、凄まじい歓声が包んでいた。

磯村露風が、リングの中に入ってきた。

「早すぎだ、京野」

「遊ぶなって言いましたよ」

京野は涼しい声で言った。

「もう、二〇秒くらいはかかると思ってたんだがな――」

「ぼくは、もう少し早く終るかと思ってたんですけど……」

「ふん」

「ふりこを使うなって言ってたから。使ってたら、半分の時間で終ってたかもしれません……」

歓声が、耳に入っていないように、京野京介は小さく溜め息をつき、視線を磯村露風にむけた。

「ねえ、磯村さん」

「なんだ」

「あと、こんなことを何回やったら、松尾さんとやらせてもらえるのかなあ」

京野京介は、海を眺めるような目で観客席を見やり、水平線の向こうに松尾象山の姿を捜そうとでもするように眼を細めた。

5

次の試合が、メインであった。

丹波文七対梅川丈次——

しかし、リングにあがってきたのは、丹波文七ただひとりであった。

文七だけが、リング中央に立って、天を睨んでいる。

梅川丈次はあがらなかった。

かわりに、あがってきたのは、川辺であった。

川辺がマイクを握り、

「本日行なわれる予定であった、丹波選手対梅川選手の試合ですが、梅川選手が、昨夜、怪我をしたため中止になりましたことを御報告すると共に、この試合を楽しみに御来場いただきました、全てのお客さまに、お詫び申しあげます」

リング上から、観客席に向かって、このように告げて、深ぶかと頭を下げたのである。

「梅川選手においては、一日も早く怪我を治していただき、もう一度このリングにあがっていただきたく願っております」

文七は、川辺のこの言葉を、会場を睨むようにして聞いていた。

川辺が言ったのは、それだけだった。

梅川丈次が、どういう経緯で、どんな怪我をしたのか、川辺はそれを一切語らなかった。

また、梅川の復帰がいつ頃になるのか、それも言わなかった。

前記した言葉を言い終えると、頭を下げて、文七をうながした。

文七は、終始、無言であった。

川辺が、二段目と三段目のロープを上下に分けた。文七はその間を無言でくぐり、一言も発することなく、リングを下りたのである。

「何があったんだ」

文七が川辺に訊いたのは、控室にもどってからであった。

文七にしても、試合が中止となることを聞かされたのは、三〇分ほど前であった。

「おれたちにもわからん」

川辺は言った。

わかっていたのは、第一試合が開催される一時間前になっても、梅川が姿をあらわさなかったことである。

文七も、それは、川辺から聞かされて知っていた。

「奴は、必ず来る」

文七は言った。

生きていれば、必ず来る。

しかし、あちこちの関係者に連絡をとっても、梅川が、どこで何をしているかがわからなかったのである。

梅川の関係者——

ここでは、セコンドにつく予定であった、河野《こうの》勇《いさむ》である。その河野勇のところにも連絡が入っていないという。

河野勇は、梅川丈次の、サンボの師である。

同時に、文七も、河野からサンボを学んだことがある。

河野勇は、妻である秋子《あきこ》と共に、会場に近いホテルに宿をとっていた。

昼——

ホテルのロビーで梅川と合流し、会場へ向かうはずであった。

しかし、梅川が姿をあらわさなかったのだ。

携帯に連絡を入れても、呼び出し音が鳴るばかりで、誰も出ようとはしない。

とにかく、会場にはゆこうと、河野は秋子と共に会場に足を運んだ。もしかしたら、梅川は携帯をどこかに落とし、直接会場にやってくるかもしれないと考えたからである。

しかし、会場に着いても、梅川は姿をあらわさない。

「何かあったのよ。事故か、何か——」

秋子は、心配そうな顔でそう言った。

秋子は、梅川の妹である。

試合、三日前——

同じホテルに泊まるはずだった梅川が、

「試合当日まで、独りで集中したい」

そのように言ったのだ。

どこにゆくかは言わなかった。

「山ごもりだ」

それだけは告げていったが、どこの山に、どのようにこもるのかは口にしなかった。

今回の試合は、梅川にとっては重要な意味があった。

もしも、勝ち進んでゆけば、その先には、ホセ・ラモス・ガルシーアが待っているからである。

梅川は、ホセ・ラモス・ガルシーアには、野試合で屈辱的な負け方をしている。その屈辱を払拭するには、もう一度闘って勝つしかない。

それで、かっての師、河野勇に頭を下げて、河野のもとで、文七との試合にそなえ、稽古を続けてきたのである。

自分の意志で、試合をキャンセルするはずはない。

何かの事情が生じたのであれば、必ず事前に連絡が入るはずであった。その連絡がないのである。これは、突然の事故に遭ったのだと考える他はない。

それで、文七にも、まだ梅川が到着していないことが告げられたのだ。

「おっさん、梅川のやつ、逃げたのかい」

その時、久保涼二《くぼりようじ》が訊いている。

「奴は逃げない」

文七は言った。

「動ける限り、必ずやってきて、おれの前に立つ。そういう漢だ」

しかし、三〇分前になっても、梅川は姿をあらわさず、試合が中止になったのである。

その時間に、警察から連絡があったのだ。

秋子の携帯に。

警察官は、自らの身分を名のり、

「梅川丈次さんの、妹さんですね」

そう言った。

「はい、そうですが……」

秋子は、いやな予感が胸に湧きあがってくるのを感じながら、うなずいた。

「今朝、下山《しもやま》病院に、怪我をして運ばれてきた男性がいるのです」

と、その警察官は言った。

「梅川さんが発見された現場に、検証のため出かけたところ、梅川さんの携帯が発見されたのです」

その携帯を手掛りにして、秋子までたどりついたのだという。

「兄は、兄は、無事なのですか」

「まだ、意識不明です」

その警察官は、そのように答えたという。

それで、とにかく秋子は病院に駆けつけることにして、河野が会場に残り、ことここにいたっては試合を中止するしかないと東洋プロレス側が判断して、しばらく前に、リング上でそれを発表したというわけなのであった。

だから、文七がどう問うても、川辺はそれに答えるだけの情報を持っていなかったのである。

転章　翁九心

1

梅川丈次は、胡坐《こざ》して、眼を閉じている。

聴こえてくるのは、川の音だ。

絶え間ない瀬音が耳に届いてくる。

そして、風の音——

頭の上には、楓の梢がかぶさっている。

ふつふつと、小さな新緑の芽が、梢の一本ずつに萌え出てきている。

近くにはアオダモの樹も生えており、新緑と、白い糸屑のような花が咲いている。

明らかに、下界よりは春が遅い。

その新緑が、風に揺れている。

梢が揺れ、白い花と葉が触れあい、さやさやと音をたてている。

その音を、梅川は、風の音として聴いているのである。

いよいよ、試合は明日だ。

これまで、しっかりと自分を追い込んできた。追い込んで追い込んで、オーバーワーク寸前にまで鍛えた。

その肉体を、テンションを保ったまま、クールダウンしているのである。

しかし、テンションを下げないようにしなければいけない。疲労するような稽古は避けつつ、なお、身体の状態を保ち続ける稽古はしなければいけない。

それが、うまくいっている。

これまでの試合は、稽古のしすぎを繰り返してきた。

不安だから、つい、自分を追い込んでしまう。自分の肉体をいじめ続けてしまう。それでいいと思っていた。

自分に負けていたのだ。

不安に負けていたのだ。

今回は、負けなかった。

しかも、どうだ。

明日の試合の相手は、あの丹波文七だ。

どういう不足もない。

丹波文七に、勝つ。

そのまま上りつめる。

その後は、一度も負けない。

勝ち続ければ、いずれ、ホセ・ラモス・ガルシーアと対戦することになる。

そこで、勝つ。

勝って、チャンピオンになる。

道田薫の主催するトーナメントのチャンピオンだ。

四月三〇日の、丹波文七との試合は、そのトーナメントの出場権を懸《か》けた闘いであると言っていい。

丹波に勝てば、トーナメントに出場して、ホセ・ラモス・ガルシーアと闘うことができるのだ。

この試合を組んだのは、道田薫だ。

道田薫が、稽古を見に来たのは、八日前だ。

自分の肉体を追い込む、最終コーナーにいた時だ。

肉体の疲労が、ピークになっている時だ。

そのあと、疲労を抜いてゆく。

その境目の時に、道田薫が松本までやってきたのだ。

四月三〇日の試合に出場する選手の様子を見てまわっているのだという。

車椅子だった。

車椅子を押しているのは、水島《みずしま》純一郎《じゅんいちろう》という男だ。オリンピックのアマレスのフリースタイルで金メダル候補と言われていた男だった。

疲労の極みにあって、痩せた梅川の顔を見、道田薫は、

「疲れすぎではないのかね」

そう問うてきた。

まだ、河野勇がやってくる前のことだ。

河野勇は、道場を持っている。

サンボを教える道場で、自宅とは別の場所にある。

そこで、稽古をしていたのだ。

河野勇がやってくるのは、二時間半後だ。

河野と結婚した、梅川の妹の秋子と一緒にやってくることになっている。

生徒が来るのは、夕方の六時からだ。だから、それまでの間は、自由に道場を使ってもいいことになっているのである。

梅川は、松本市内にあるこの道場で寝泊まりしていた。

午前中は、自主稽古だ。自分で思うように稽古をする。

ストレッチを念入りにやり、スタミナをつけるために周囲を走る。筋トレもこの時にやる。

午後が、対人の稽古である。

一時半くらいに、河野がやってきて、相手をしてくれるのだ。

時には、どういう伝《つて》を使ったのか、キックボクサーや、空手家、総合格闘家を連れてきては、梅川の相手をさせるのである。

それが、ありがたかった。

道田薫と水島がやってきたのは、朝の十一時だった。

まだ、道場には梅川以外には誰もいなかったのである。

「心配は、いりませんよ。明日からクールダウンに入りますから——」

「ほう」

「試合の三日前からは、ひとりで山にこもるつもりです」

「山ごもり？」

「友人の山小屋が、空いているというので……」

学生時代の友人が、下諏訪《しもすわ》に住んでいて、山小屋を持っていた。

近くに人家はない。

野遊びと、山仕事をする時に使う山小屋だという。

ストーブも、キッチンも、風呂もついているし、冷蔵庫もある。

小屋の前に、小さな渓流が流れている。

そういうことを、梅川は、ぽつん、ぽつんと語ったのである。

「丹波のところへは、行くのですか」

梅川は訊いた。

「行くよ」

「ならば、伝えておいて下さい」

「何をだね」

「四月三〇日は、最高のコンディションで来いと――」

「もちろん、伝えるよ、そのくらいならね。ただ、君の情報は丹波には伝えないよ。丹波の情報も、きみに伝えるつもりはない」

そういう会話をしたのだ。

「やりあう選手たちが、試合直前まで、どういう稽古をしていたか、どのくらいまでコンディションをあげておくか。そういうことを知っておくと、試合がおもしろくなるからこうして見物に来ているのだが、そこで得た情報を他の陣営に言うつもりはないよ」

そう言って、道田薫は帰っていったのである。

今、梅川丈次は、眼を閉じ、静かな呼吸を繰り返している。

筋肉の全てが入れかわったようであった。

座している尻の下の岩の温度、頬を撫でてゆく風の温度、膝のあたりに当っている陽差しの温度——その陽差しの重さまでがわかるような気がした。

触れ合う葉の一枚一枚の音、瀬の、水の粒子のひと粒ずつの音、どれもがくっきりとして、数えられるくらいだ。

これまで、感じたことのない感覚だ。

試合中に、このレベルの精神を保てるなら、誰と闘っても負ける気がしない。

全ての攻撃を受けきって、こちらの攻撃の全てをヒットさせることだって可能だろう。

もし組んだら——

三〇秒あれば、どんな相手にも関節技をかけることができそうであった。

たとえ、それが、土木建築に使う重機であってもだ。

たとえば、ユンボの関節を極《き》めて、ユンボにタップさせることだってできそうだった。

悪いな、丹波——

明日は、勝たせてもらう。

トーナメントには、以前、野試合で自分が敗れたあのホセ・ラモス・ガルシーアが出場することになっている。

ホセとやっても、自分が勝つイメージしかない。

ふっ、

と、眼を開いた。

何かの気配を感じたからだ。

人が、立っていた。

梅川が座している岩の上から、五メートルほど先の岩の上に、その男——老人は立っていた。

白髪だ。

きれいな、白い、長い髪を頭の後ろで束ね、それを赤い紐で留めている。

髭もまた白い。

歳は幾つであろうか。

六〇歳前後であろうか。

六〇歳前後を老人と呼んでいいのかどうかはわからないが、髪の白さが目立っているため、そう考えるしかない。

いつ、老人はそこに立ったのか。

そこへ立つには、対岸から渡ってくるか、上流から下りてくるか、下流から登ってくるか、あるいは、楓の生えている天然の斜面を下りてくるしかない。

川の向こうからやってきたのなら、当然、足を水につけずにはすまない。その時は瀬音が変化する。

他の方法であっても、川原を歩く時には音がする。

砂利を踏めば、音がする。

大きな石を選んで歩くにしても、それだと時には、跳ぶ必要もあろう。

その時に、音がする。

何故、この老人に気づかなかったのか。

五メートル先の岩の上に立つまで、人が、音をたてずにここまでやってくることができるであろうか。

老人が身につけているのは、洗いざらしの黒い袴《はかま》。

その上に、白い、これも洗いざらしの稽古着を着ていた。

よく見れば、素足である。

そして、背筋がすっきりと伸びている。

眼は、穏やかだ。

静かに梅川を見つめている。

「何か用かい――」

梅川は問うた。

すると、老人は、穏やかな笑みを浮かべながら、

「合格……」

そうつぶやいた。

「合格?」

「きれいに、みごとにできあがっている。申し分ない」

老人が言う。

「何のことだい?」

「明日の試合は、きみが勝つだろうってことだな」

明日の試合?

すると、この老人は、明日、このおれに試合があるのを知っていることになる。

「あんた、おれのことを知っているのかい」

「梅川丈次」

老人は言った。

「初対面だよな」

「もちろん」

「何故、おれが梅川丈次とわかるんだい？」

「写真を見たからな」

「写真？」

「しかし、惜しいな」

「惜しい？」

「ああ」

「何のことだい」

「今日、ここできみは壊されてしまうからだよ」

「なに⁉」

「すまないが、きみは、明日の試合に出ることはできない」

訊くまでもなかった。

老人の言っていることは明らかだ。

老人は、ここで、闘おうと言っているのだ。

「おれと、やりたいのかい」

「まあね」

「しかし、おれには明日の試合があるんだよ」

「やりたくない？」

「そういうことじゃない。やりたいけどやれないんだ」

すると、老人は、ちょっと笑ったようだった。

「殺さないよ」

老人は言った。

「なんだって？」

「きみを殺したりはしないってことだよ」

老人は、静かに笑っている。

「安心していい。きみがいやだと断われば、闘わなくても済む」

梅川の心の中に、不思議なささくれのような感情が湧きあがってきた。

「あんた、名前は？」

梅川は訊ねた。

すると、老人は答えた。

「翁九心」

低いけれども、よく通る、はっきりした声であった。

聞いたことがなかった。

翁九心——何者か。

その思いが、表情に出たらしい。

「知らぬでよい名だよ……」

翁九心と名のった老人が言う。

「こわいので、やりたくない——そう言えば、きみは無事だよ」

いやな言い方だ。

心のささくれが大きくなってくる。

「こわくはないんだよ、ただやりたくないだけなんだ」

「同じだよ」

翁九心は言った。

こいつ、おれを挑発しているのか。

心のささくれに、ちろりと火が点いた。

その炎が、だんだんと大きく育ってゆく。

「だったら、やりたくないと言えばいい。そう言うのなら、わたしは去る……」

ずるい。

〝こわいので、やりたくない〟

と言うのも、

〝やりたくない〟

も同じであると、翁九心は言っている。

ということは——

〝やりたくない〟

と口にすると、

〝こわいので、やりたくない〟

と口にしたのと同じことになってしまうではないか。

——喰《く》えない爺《じじ》いだ。

「きみを最初にしたのは、わたしの考え違いだったようだ。丹波くんのところにゆけばよかった……」

そう言って、

「失礼する」

背を向けた。

歩き出す前に、

「待て——」

梅川は、その背へ声をかけていた。

「どうしたのだ?」

こちらへ振り向いて、翁九心は言った。

「やるよ」

梅川丈次は、短く言った。

「いいね」

翁九心の顔に、ぬめりとした笑みが点《とも》った。

その笑みを見た時——

ひっかかったか⁉

梅川の脳裏に、その言葉が浮かんだ。

しかし——

すでに、口にしてしまった言葉だ。

今さら、やらぬ、とは口にできない。

やることに決めたのだ。

決めて、やる以上は、後の思考はみんな夾雑物だ。

肚《はら》がすわった。

「ひとつ、言っておく」

梅川は言った。

「なんだね」

「始まったら、手加減できない。あんたが、おれの親父くらいの歳でもね」

梅川の言葉に、翁九心は、ちょっと笑ったようであった。

「おかしいことを言ったかい」

「言わなくてもいいことを言っている」

あっさりと、翁九心は言った。

「その通りだな、すまなかった」

梅川はうなずいた。

かっ、とはならなかった。

本当にその通りだと思ったからうなずいたまでのことだ。

ただ、肚の底あたりで燃えている火の温度はあがっている。

丹波文七とやるために、極限まで肉と精神をしあげてきたのだ。

文七の顔が浮かんだ。

丹波、すまん――

心の中で、わびた。

明日は、ベストコンディションで、おまえの前に立つことはできないかもしれない。

この、翁九心、できる。

それが、わかる。

特別に強い圧力が、こちらに届いてくるわけではないが、まるで、大気そのもののようにそこに立っているたたずまいが、ただの老人でないことを物語っている。

とんでもない達人か、とんでもない馬鹿か、そのどちらかだ。

いずれにしても、油断はしない。

負けた後で、老人だったから手を抜いたとか、本気になれなかったと口にすることほどみっともないことはない。

「どこでやる?」

梅川は訊いた。

「ここで」

翁九心が言う。

「いつ始める？」

「もう、始まっている」

翁九心は言った。

2

梅川は、静かに呼吸をしながら、翁九心を見つめていた。

不思議な老人であった。

絶えまない瀬音と、風の中に、翁九心は立っている。

翁九心の左側、梅川にとっては右側が瀬だ。

周囲は、岩だらけだ。

大きい岩も、小さい岩もある。

どの岩も、おおむね丸いが、中には角が尖っているものもある。

かなり危険だ。

畳の上ではどうということのない投げ技が、ここでは命とりになる。

ああ——

おれは、笑っているようだな。

この危険を楽しんでいる。

翁九心との距離、およそ五メートル。

まだ、間合の外の外だ。

それにしても、どうして、この爺いとやることになってしまったのか。

もちろん、それは、この爺いがただの爺いじゃないとわかったからだ。

たぶん、おそろしく強い。

それがわかる。

だからこそ、やることにしたのだ。

だからこそ、やることになってしまったのだ。

おそらく、丹波のやつだって、こんなやつがやろうと言ってきたら、おれみたいにやっているはずだ。

おれは、プロだから、ファイトマネーの出ない試合はできない。

明日は、試合だから——

おれは、そんな言いわけをしたくて、この世界にいるんじゃない。

ただ、強いやつと、やりたいだけなんだ。

それこそ、内臓を、尻からみんなひり出してしまうような、そんなひりひりするような相手と、やりたいだけなんだ。

そういうことでしか、快感を得ることができない身体になっちまってるんだ。

中毒。

ファイト・ジャンキーだ。

それで、いい。

ただ——

むこうはこっちのことを知っている。

おれの方は、むこうのことを何も知らない。

これはいけない。

まず、向こうに動いてもらわねばならない。

動いてくれれば、何をやっているやつか、多少はわかるだろう。

こうやって、いつまでも向きあっているわけにはいかない。

このままじゃ、空気と対峙しているようなものだ。

「来いよ」

梅川は言った。
「あんたが誘ったんだ。あんたの方から来いよ」
「そりゃ、そうだ」
翁九心は、つぶやいた。
そのつぶやきが終らないうちに、すうっと翁九心の身体が動いた。
風だ。
それまで動かなかった大気が、わずかな温度の変化で、ふいに動きはじめたような。
疾くない。
ゆるり、ゆるりと、岩と石の上を、翁九心が身体を移してくる。
川原の石の上を歩いてくるのだが、その肩がほとんど上下動していない。
足首、膝、腰のバネで、上下の動きを殺しているのである。
その眼は、自分の足元を見ていない。
ただ、梅川を見ている。
そうだ。
近づいてこい。
あと三歩で間合だ。

一歩、

二歩、

三歩、

が――

そこで、止まらなかった。

翁九心は、そのまま間合をくぐって、内側に入ってきていたのである。

「シャアッ！」

蹴っていた。

前蹴りだ。

翁九心を止める。

止めるだけではない。

受けそこねたら、そのまま身体を〝く〟の字に折って、胃液を周囲にまきちらすくらいのダメージを負わせてやる蹴りだ。

だが、当たらなかった。

翁九心の、動きは見ていた。

翁九心は、前蹴りとして飛んできた梅川の右足に、左手の甲で触れたのだ。

払ったのではない。

ただ、触れただけだ。

右足の踵の内側を、軽く撫でただけ。

強い力が、加えられたようには思えなかった。

しかし、それだけで、梅川の蹴りは、大きく軌道を変えさせられて、外側にそれてしまったのである。

こんなことが起こるのか。

梅川は驚愕した。

自分に向かってくるものに対して、軽く触れる。

触れるタイミング、力、角度——触れてからも、力と角度を変え続けてゆく。それらのことが、完璧に、百パーセント、一パーセントの狂いもなくできたら、こういう現象は起こるのかもしれない。

そんなことのできる人間がいるのか。

いた。

ここに。

翁九心。

蹴りにいった右足が、外側へ流された。

バランスが崩れた。

踏んばらない。

踏んばると、さらにバランスが崩れ、自滅する。

横にはらわれた右足を、いったん、力の入れられた方向に振り、地について、次はこのタイミングで、左の膝だ。

この膝をぶち込む。

当たらなかった。

翁九心が、下から上にぶつかってくる膝頭に、右手を乗せ、足で軽く地を蹴ったのである。

梅川の、跳ねあがってくる膝の力を利用して、翁九心は身体を宙に浮かせたのである。

その宙から、翁九心の、右手が伸びてきたのだ。

その右手は、梅川の着ている道着の右の襟——奥の襟を摑んでいた。

組んでくるのか。

このおれに対して——

組み技なら、ずっとサンボをやってきたのだ、このおれは。

とん、と、翁九心が、川原の石の上に降り立った。

次の瞬間——

翁九心は、梅川の身体の下に自分の腰を入れ、

「ちいいいいいっ‼」

梅川の足をはらってきた。

その瞬間、梅川の身体は、逆さになっていた。

頭が、下になっていた。

両足は、跳ねあげられて、その爪先が、天を向いていた。

何だ。

何なのだ、これ。

「シャアアッ‼」

翁九心は、逆さになった梅川の脳天を、そのまま、下の石に向かって、叩きつけてきたのである。

あとがき

『新・餓狼伝』の、最新刊をお届けしたい。

ずっと読んでいただいている読者の何割かはすでにお気づきと思うが、いよいよ『餓狼伝』は、前巻あたりから、最終トーナメントに向けての準備を始めている。

この十数年、いずれ、それを書かねばならないと思い続けてきたのだが、ついにそこに突入してしまった。

というのも、自分の残り時間を考えた時、今やらないと、この物語が終らないことに気がついてしまったからである。

かつて、一度は敗北したものの、再び闘いの場にもどってくるあの人物や、この人物を書いてみたいのである。また、あらたな、強い強い、変態的な人間も出してみたいのである。

不思議なことがある。

たぶん、ぼくは、素手の闘いについて、つまり格闘技について、世界で一番小説に書いてきた作家であると思う。詳しく調べたわけではないが、おそらくそうだ。ひとつの試合だけで、原稿用紙（四〇〇字詰）一〇〇枚を平気で書き、その中で、ただただ男たちが闘い続ける。それ以外のことは、ない。

こんなこと、世界で誰もやっていないだろう。

ヘンタイ野郎である。

闘いのみを書くことで、その人間の人生や想いまでが、出てくる。これも、書き続けてきてわかったことだ。

闘いのシーンも、思いつく限りの、あらゆるやり方を試みてきた。

もう、バリエーションを書き尽くして、新しい表現などなかろうと思っても、どんづまりになって、それが、ひょいと出てくる。

不可思議、不可思議。

そして、これだけ闘いのことを書いてきて、まだ、飽きていないのだ。まだおもしろい。

まだ、変態的な、エロスと紙一重の悦びがあるのである。

いや、ファイトシーンを書いていると、エロスそのものを感ずる時すらあるのである。

不可思議というのは、そのことである。

自分の裡《うち》に、涸れない泉があることに気づくのは、なんという悦びであろうか。

どんなSEXよりも、ねちねちと、イヤらしく、闘いのシーンを書くことに、精神的な勃起をしてしまうのである。

あー、やっぱおれってヘンタイ。

よくわからないので、勢いで書いてしまうのだが、あれこれやって、色々な飾りがはげ落ちて、変態的自分だけが、ここに残ったという感じ。

なんだかいい感じである。

歳をとったら、枯れてゆき、もう、物語を書けなくなってしまうんじゃないかと、十年前は、思っていたのだが、そんなことはなかった。少なくとも、今のところは、ない。

というところで、今回は、わがままを言って、秋田書店の「週刊少年チャンピオン」で連載している『ゆうえんち―バキ外伝―』の第一巻と、同月発売にしていただいた。

『ゆうえんち』は、板垣恵介さんの『グラップラー刃牙《バキ》』シリーズをベースにして、それに、ぼくが新しい主人公を設定して小説にしたものだ。

たぶん、ぼくは、『グラップラー刃牙』シリーズの、世界で一番いい読者であろうと思う。

そこに出てくるキャラを、小説の中で自由に動かせる――こんなにおもしろい仕事に、六〇歳を越えてから出会えるとは思っていなかった。

この『餓狼伝』からも、何人か、『ゆうえんち』に友情出演して、中には、けっこういい味を出しているキャラクターもいる。

久我重明などは、『獅子の門』に始まって、漫画（板垣版）『餓狼伝』、小説『餓狼伝』、そして、『ゆうえんち』にも出場して、闘っているのである。

『餓狼伝』の読者には、ぜひ『ゆうえんち』を読んでいただきたいし、『ゆうえんち』の読者には、ぜひ、『餓狼伝』を読んでいただきたいという、下心いっぱいのおもしろい企画である。

これについては、双葉社のウェブサイト「日刊大衆」に、エッセイを書いている（二〇二〇年六月一日掲載）ので、それを、ここに紹介しておきたい。


今、ぼくは少年漫画誌「週刊少年チャンピオン」で、格闘小説の連載をやらせてもらっている。

同誌の人気連載漫画、板垣恵介さんの『グラップラー刃牙』シリーズの外伝で、タイトルは『ゆうえんち』である。

バキシリーズの「最凶死刑囚編」がアニメ化されるのに合わせて、依頼が来たのである。

これは断る手はない。喜んで書かせていただくことにした。

主人公のバキ（範馬刃牙《はんまバキ》）、父の範馬勇次郎《ゆうじろう》、花山薫《はなやまかおる》以外のキャラクターであれば、いかようにでも使っていいということであった。なんというおもしろい仕事か。もちろん、多くのファン（ぼくもそのひとり）がいて、それぞれのキャラにみんなの思い入れがあるわけだから、いかようにでもと言われたって、わきまえておくべきはわきまえておかなければならない。

すぐに決めたのは、すでに本編のほうでは決着のついているキャラ、もう登場することはあるまいと思われているキャラを使おうということであった。

それにプラスして、新しいキャラ（できれば本編と無関係でない）を出せば、それだけでおもしろくなるに違いないと思ったのである。

そこで、選んだのが、毒手の柳龍光《やなぎりゅうこう》であった。

この死刑囚たち、柳をはじめとして、スペック、ドリアン、ドイル、シコルスキー、いずれも凄い奴らなのだが、全員、ファーストシーンでは、それぞれ牢に入れられている。

ということは、みんな、どこかで誰かに敗れて一度は捕まってるんじゃないの。ならば、この外伝は、柳龍光を、誰かが捕まえる物語にしよう——そう考えたのである。

つまり、「最凶死刑囚編」の前日譚のような話を書けばいい。これならば、本編に与える影響は少なくてすむし、読者の本編に対する思い入れを、大きく損なうこともないであろう。

では、その捕まえる方を誰にするか。

よし、愚地《おろち》克巳《かつみ》に兄がいたことにしよう。その兄貴が様々な逆境を乗り越えて、最後に柳龍光と対決する。これだよ、これ。そもそも、克巳は、愚地独歩《どっぽ》の養子だし、実は兄がいたという設定も、それほど無理がないのではないか。

タイトルは『ゆうえんち』。実は世の中には、強いのに地下闘技場に行かない連中がいて、そいつらが闘う場所がある。彼らはなぜ、地下闘技場に出場しないのか、それは、地下闘技場の試合にはファイトマネーがないからである。だから、金の欲しい強い連中が集まるのは、〝ゆうえんち〟の方。

いいじゃん、これ。

書き出した時に考えていたのはこれくらい。あとは書きながら考えるといういつものやり方でいこう。

そう決心して、書き出したのである。

一年ほどで終わるつもりが、長くなってしまったのはいつもの通りだ。

これには理由がある。

Aというキャラを立てたいときには、やられ役のBというキャラが必要であり、このB

の強さも立てておかなくてはならない。それにはBのやられ役のCというキャラが必要で――とやっていくと、主人公・葛城無門《かつらぎむもん》と闘うキャラを四人出すとすると、単純計算で、八人のキャラが必要になってしまったのだ。しかも、書いてゆくと、ことはそんなに簡単ではない。あれもやりたい、これもやりたいということで、書きたいことがどんどんふくれあがってしまい、ついに三年目突入ということになってしまった。

もともとやっていた連載が十本。これに「チャンピオン」の連載と、新聞の連載が加わって、現在十二本の連載を並行してやっているのである。その中にはもちろん『キマイラ』も『餓狼伝』も『陰陽師』も入っている。年内に始める予定だった三本の連載を先送りにして、毎日毎日原稿の日々なのである。もう六十九歳だよ。どうなっているんだ、おれ。

まあ、とにかく「チャンピオン」の連載が楽しい。

小説というのは、どういうものであれ、ファンタジーだと思っている。

格闘小説もそう。

その同じファンタジーでも、ぎりぎりありそうなファンタジーになっているのは『餓狼伝』である。ここからはるかにぶっとんだファンタジーになっているのが『グラップラー刃牙』シリーズだ。『ゆうえんち』は、この『グラップラー刃牙』シリーズと『餓狼伝』

の中間くらいのファンタジー度を意識している。つまり、『餓狼伝』でやれなかったことをひたすら書けるおもしろみがある。それもこれも、「週刊少年チャンピオン」という少年漫画誌の立ち位置にある。

ああ、幸せなおれ。

それに絵が素晴らしい。小説の中には、ふんだんに絵が入っている。漫画の絵だ。藤田勇利亜さんという漫画家の絵が、最高である。連載中にも、どんどん上手になって、迫力が増して、ぼくとしては、早くこの連載を終えて、藤田さんに漫画を自由に思う存分描いていただきたいのだが、ついつい長くなってしまうのが申しわけない。

つい、長くなる。たぶんぼくは、世界で一番、素手の格闘小説を書いている人間だと思う。

ああ、藤田さんのことだ。

僕が、文章で格闘シーンを書く——それを藤田さんが、どう絵にするのかは、ぼくの毎回の楽しみでもあるのだが、時には、このシーン、文章でどこまでイメージが伝わっているか不安になる時がある。そういう時、こういうシーンであると、ヘタクソな絵を描いて、原稿をお渡ししているのだが、それを次のページ（編集部注・本書三四八～三四九ページに収録）で紹介しておこう。

こんなやりとりをしながら、連載をしているという雰囲気のようなものは、お伝えできたのではないか。

なんとか、夏いっぱいまでには、書きあげたいと思っているのである。

がんばれ格闘技。

以上を書いている時には、八月中にはなんとか書きあげるつもりだったのが、まだ、連載中であるというのが、実情なのだが。

ともあれ――

そんなわけで、『餓狼伝』、最終トーナメントに、すでに突入しているのである。

二〇二〇年八月十五日

小田原にて――

夢枕　獏

ラフスケッチが挿絵になるまでの工程

挿絵は『ゆうえんち―バキ外伝―』（「週刊少年チャンピオン」連載）第86回より

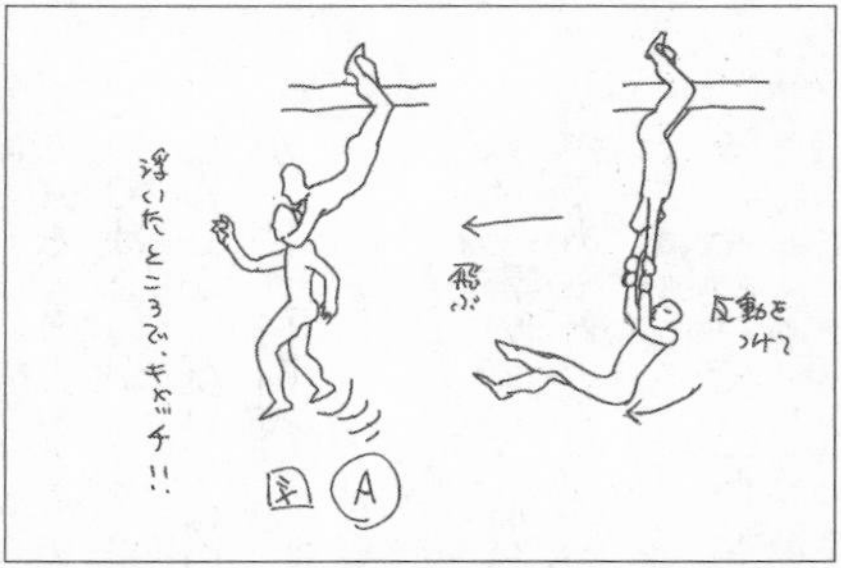

挿絵を描く漫画家にイメージを伝えるための
ラフスケッチ

↓

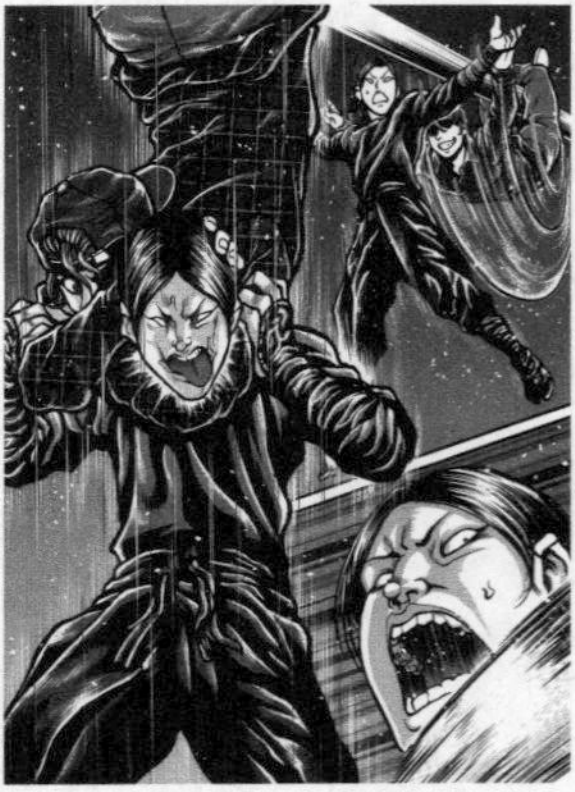

上のラフをもとに描かれた挿絵がこちら

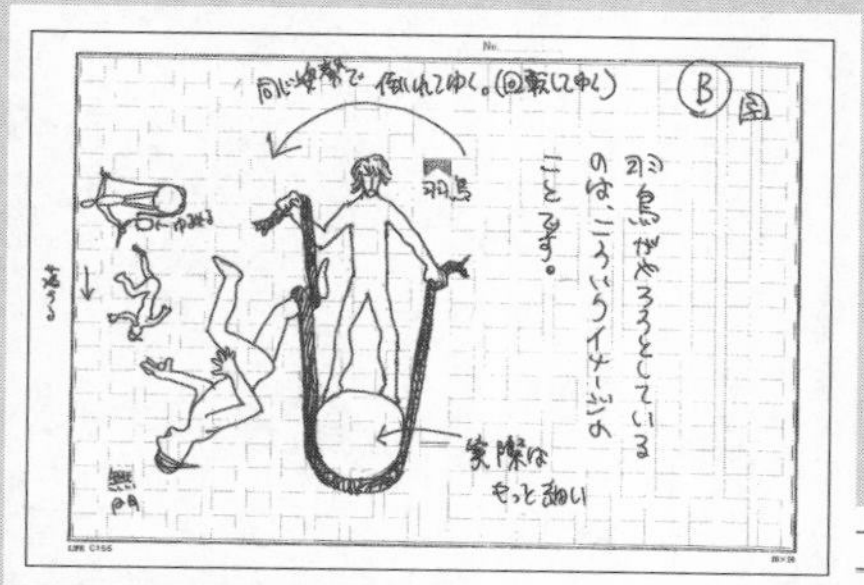

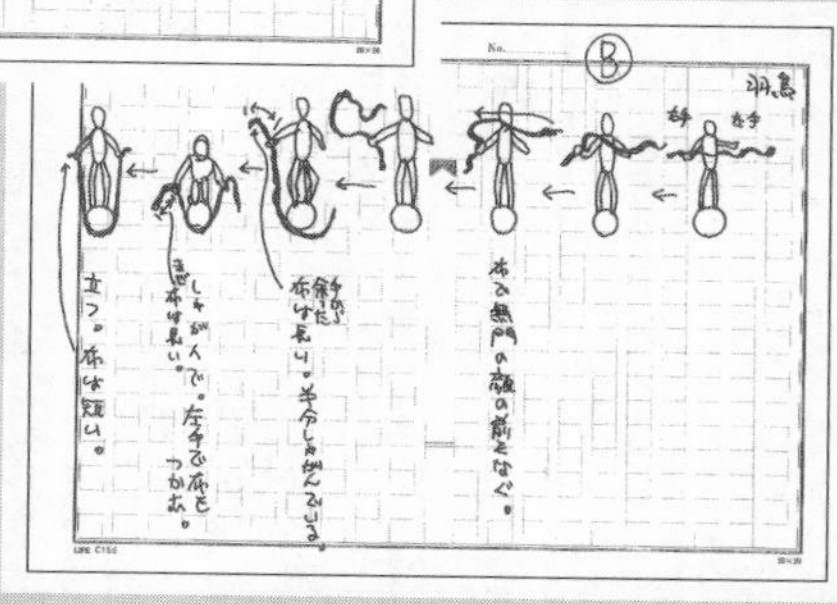

こうして、担当編集者とのやりとりを重ねて
作品が完成する

２枚のラフからイメージして
描かれて完成した挿絵

この作品は二〇二〇年一〇月、小社より刊行されました。